# MISSION PYRAMIDES

LE DOCU DONT TU ES LE HÉROS

## Dans la même collection

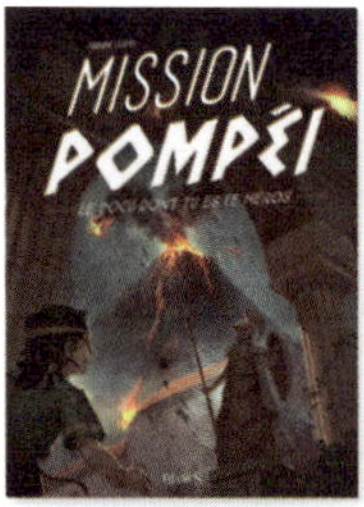

Direction : Guillaume Pô
Direction éditoriale : Emmanuelle Braine Bonnaire
Édition : Axelle Quéré
Réalisation graphique : Julien Di Giorgio
Maquette : Cromatik Ltée
Direction de fabrication : Thierry Dubus, assisté de Julia Mirenda
Pictogrammes : © Shutterstock


Dépôt légal : mai 2021
ISBN : 9782215166870
MDS : FS66870
N° d'édition : J21043

FSC
www.fsc.org
MIXTE
Papier issu de sources responsables
FSC® C015559

Achevé d'imprimer en avril 2021, par Interak, en Pologne.
Loi n° 49-956 du 16 juillet 1949 sur les publications destinées à la jeunesse, modifiée par la loi n° 2011-525 du 17 mai 2011.

# MISSION PYRAMIDES

## LE DOCU DONT TU ES LE HÉROS

TEXTE : EMMANUELLE KECIR-LEPETIT
ILLUSTRATIONS : DOFRESH

FLEURUS

# ES-TU PRÊT(E) À PARTIR EN MISSION ?

Ce livre pas comme les autres te propose une incroyable aventure !

Dans les pages qui suivent, tu ne liras pas les chapitres dans l'ordre, mais tu navigueras de l'un à l'autre en fonction des choix que tu auras faits.

Tu auras besoin de toute ton astuce, de ton bon sens, mais aussi du maximum de tes connaissances, car chaque mauvaise décision peut s'avérer fatale. Tu ne connais pas très bien l'Égypte du temps des pyramides ? Ce n'est pas grave : grâce à ce livre, tu apprendras très vite de tes erreurs et deviendras incollable !

Alors, prêt(e) à affronter tous les dangers ?

Si au cours de ton aventure tu rencontres des mots signalés par un astérisque, n'hésite pas à consulter le lexique qui se trouve en dernière page.

# COMMENT ÇA MARCHE ?

Repère-toi grâce aux numéros de chapitre en haut de page.

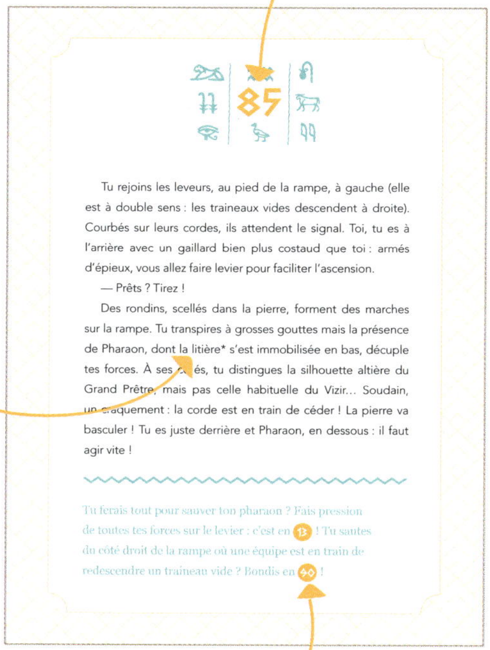
85

Tu rejoins les leveurs, au pied de la rampe, à gauche (elle est à double sens : les traineaux vides descendent à droite). Courbés sur leurs cordes, ils attendent le signal. Toi, tu es à l'arrière avec un gaillard bien plus costaud que toi : armés d'épieux, vous allez faire levier pour faciliter l'ascension.

— Prêts ? Tirez !

Des rondins, scellés dans la pierre, forment des marches sur la rampe. Tu transpires à grosses gouttes mais la présence de Pharaon, dont la litière* s'est immobilisée en bas, décuple tes forces. À ses côtés, tu distingues la silhouette altière du Grand Prêtre, mais pas celle habituelle du Vizir… Soudain, un craquement : la corde est en train de céder ! La pierre va basculer ! Tu es juste derrière et Pharaon, en dessous : il faut agir vite !

Tu ferais tout pour sauver ton pharaon ? Fais pression de toutes tes forces sur le levier : c'est en 13 ! Tu sautes du côté droit de la rampe où une équipe est en train de redescendre un traineau vide ? Bondis en 40 !

Le texte te raconte ce qui est en train de t'arriver.

Fais ton choix en fin de chapitre et rends-toi au numéro indiqué.

# Bienvenue dans l'aventure !

Nous voici plongés au tout début de l'histoire de l'Égypte antique, en l'an 2 525 avant notre ère, au temps des pyramides ! Sur le plateau de Gizeh, à l'entrée du delta du Nil, une vaste nécropole royale est en train d'être érigée. Deux immenses pyramides sont déjà sorties de terre : celles des anciens pharaons Khéops et Khéphren. Elles abritent leur tombeau et de nombreux trésors. On les dit inviolables : personne n'a encore réussi à y pénétrer ! Une troisième, plus petite, est en cours de construction. C'est un sacré chantier ! Elle est destinée à accueillir, à sa mort, le sarcophage de l'actuel pharaon : le bien-aimé Mykérinos, fils de Khéphren, petit-fils de Khéops.

Mais qui pourrait vouloir la mort de Pharaon ? Le roi de ton pays est vénéré et considéré comme un dieu vivant, descendant d'Horus, petit-fils du dieu-soleil Amon-Rê. Il est le garant de la prospérité du royaume : chaque année, il ordonne au Nil de sortir de son lit. Et, miracle, le fleuve lui obéit ! S'il venait à disparaître, ce serait la ruine et le chaos. Pour toi, ta famille et toute l'Égypte !

# TON PAYS

Située dans le Nord de l'Afrique, entourée de déserts arides, l'Égypte est un pays tout en longueur construit autour d'un fleuve, le Nil, qui chaque année en juillet déborde de son lit pour répandre sur les terres alentour une vase très fertile qu'on appelle le limon. L'agriculture est donc prospère, ton pays est très riche et de grandes inventions l'ont déjà fait sortir de la Préhistoire, à commencer par l'écriture !

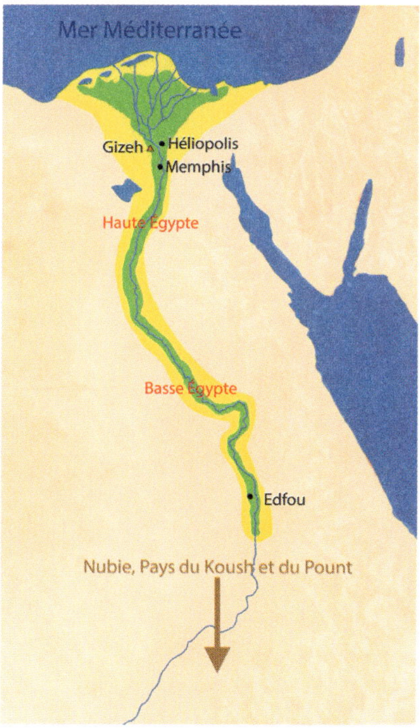


L'histoire de l'Égypte antique est très longue : elle a duré 3 000 ans et a commencé peu avant 3 000 avant notre ère. Tu n'en es donc encore qu'au tout début ! La Vallée des Rois, Karnak et Louxor n'existent pas encore. C'est l'Ancien Empire. La capitale est installée à Memphis. Le plateau de Gizeh est situé juste au nord, face à la grande ville d'Héliopolis. Ce n'est pas très loin en bateau !

# TES DIEUX

Ils vont t'accompagner durant cette aventure, alors apprends à les reconnaître !

## Amon-Rê

Dieu-soleil, il a souvent une tête de faucon, surmontée de l'astre solaire. Mais il peut aussi prendre l'aspect d'un scarabée ou d'un homme.

## Osiris

Dieu de l'Au-Delà, il est représenté comme un homme momifié au teint vert : c'est un mort-vivant. Il porte la crosse et le fléau, symboles du pouvoir des pharaons.

## Isis

Fille de Rê, sœur et épouse d'Osiris, elle est la déesse de la magie. Elle porte le symbole du trône royal sur la tête.

## Horus

Fils d'Osiris, à la mort de son père, il lui succède comme pharaon. Protecteur des hommes, il est coiffé de la double couronne d'Égypte, surmontée d'un cobra, l'uræus*.

## Anubis

Dieu des morts et des embaumeurs, il a une tête de chacal, noire comme la boue du Nil, symbole de renaissance.

## Bastet

Autre fille de Rê, déesse du foyer, protectrice des enfants, elle a une tête de chat.

## Hathor

Déesse de la beauté, de l'amour et de la musique, épouse d'Horus, elle porte le disque solaire entre deux cornes de vache.

# Tes croyances

Ton peuple croit dur comme fer que l'Univers a été créé à partir du néant par le dieu-soleil Amon-Rê. Mais le chaos peut revenir à tout moment si on ne rend pas hommage aux dieux. Vous en avez 2 000 en tout ! Tu les crains et les respectes énormément. Il vaudrait mieux en tout cas, si tu veux réussir cette aventure !

## Des momies ! Pourquoi ?

L'un de vos dieux les plus vénérés est Osiris, le fils de Rê. Inventeur de l'agriculture, il a apporté la civilisation et fut le premier des pharaons. Mais son frère, Seth, est jaloux ! Il le tue, découpe son cadavre en morceaux et les disperse dans le désert. La déesse Isis parvient à les retrouver et à reconstituer le corps d'Osiris, en l'enveloppant dans des bandelettes, pour lui redonner vie. C'est pourquoi ton peuple a l'habitude de momifier le corps de ses défunts : pour vous, la mort est un état passager. Si le corps se conserve bien, les morts reviennent à la vie !

C'est pourquoi aussi les pharaons sont enterrés dans des pyramides : leur corps y est parfaitement protégé. Mais si tu pénètres à l'intérieur, fais très attention : c'est un périlleux voyage au royaume d'Osiris…

# ET TOI, QUI ES-TU ?

Tes parents sont agriculteurs, comme nombre d'Égyptiens. Depuis tes 7 ans, tu travailles dans les champs. Tu n'as jamais mis les pieds dans une école et ne sais donc pas lire. N'ayant pas atteint tes 14 ans, tu portes encore la mèche de l'enfance : ton crâne est rasé, sauf une longue tresse qui te retombe dans le dos. Quant à ta tenue, que tu sois fille ou garçon, elle se résume à un petit pagne en lin blanc. Tu te balades pieds et torse nus !

Comme tous les ans pendant la crue du Nil – qui inonde vos champs et les rend impossibles à cultiver – l'armée a enrôlé ta famille pour venir grossir les rangs des manœuvres sur le chantier de la nouvelle pyramide. Tous les paysans participent à sa construction, aux côtés des esclaves et des prisonniers de guerre : ils n'ont pas le choix ! Te voici donc à Gizeh, jusqu'à la décrue.

Quelle fierté de participer à ce fabuleux projet ! Tu as envie d'accomplir de grandes choses. Ça tombe bien : les dieux vont te mettre à l'épreuve… Sauras-tu être à la hauteur des événements qui t'attendent ? Ne tremble pas et tourne la page : ton aventure peut commencer !

# 1

Il est 7 heures du matin et tu franchis les portes de la cité ouvrière, barricadée d'une haute palissade, sur le plateau de Gizeh. C'est l'heure d'aller au travail ! Regarde ce qui t'entoure. Tout là-bas, vers l'est, de l'autre côté du Nil, le soleil vient de se lever au-dessus des toits d'Héliopolis. Toi, tu es sur la rive gauche, du côté du soleil couchant, où s'étend la nécropole. Immense, elle se compose de nombreux temples et constructions. Il y a en tout dix pyramides : des petites, destinées aux épouses des pharaons, et trois gigantesques en enfilade, dominant le paysage.

La première, la plus imposante, est celle de Khéops : elle n'a même pas 100 ans ! La seconde, au milieu, celle de Khéphren, a été achevée il y a moins de 40 ans. Frappé par les rayons du soleil levant, le calcaire blanc qui les habille étincelle et, à leur sommet, brille un triangle d'or et d'argent : le pyramidion. C'est une vision magique ! On croirait qu'Amon-Rê en personne a tendu un de ses rayons pour permettre au corps des pharaons défunts de monter jusqu'à lui !

La troisième pyramide, inachevée, sera celle de Mykérinos. Couverte de rampes et d'échafaudages, c'est celle que tu es en train de bâtir ! Elle sera plus petite que les deux autres, car l'actuel pharaon a le souci de son peuple : il y aura moins de pierres à extraire et d'ouvriers à payer, et donc moins d'impôts pesant sur les paysans. D'ailleurs, même si elle est réduite par la taille, tu t'es promis qu'elle serait la plus belle et la mieux ornée en l'honneur de ton roi bien-aimé !

L'heure file, il est temps de rejoindre les scribes qui sont en train de former les équipes de travail. Tu ne les aimes pas : imbus de leur savoir, ils méprisent tout le monde. Hélas, ce sont ces fonctionnaires d'État, aux ordres du Vizir, qui administrent le pays. Ils tiennent les comptes, rédigent les lois, recensent les récoltes pour décider du montant des impôts : tout passe par eux. Rien ne peut échapper à leur surveillance !

Dans quelle équipe as-tu envie de t'enrôler aujourd'hui ?

Si tu choisis de rejoindre l'équipe de levage, va en 20.

Si tu préfères l'équipe de halage, c'est en 12.

## 2

Hélas ! La pierre, déviée de sa trajectoire grâce à la présence d'esprit des ouvriers sur la rampe, tombe juste là où tu avais lâchement reculé. Tu meurs sous son poids, avec une poignée d'autres infortunés. Ce genre d'accident est malheureusement fréquent sur les chantiers des pyramides : des pierres se détachent des traineaux, certaines tombent des échafaudages, les traineaux se percutent entre eux… C'est un travail dangereux.

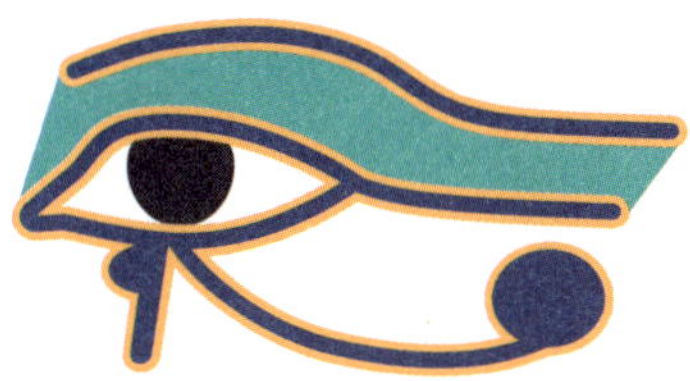

Mais il semblerait cette fois que ce ne soit pas un simple accident… Quelque chose se trame ! Si tu veux en découvrir davantage, demande à Osiris de te donner une seconde chance et retourne en 1, en essayant de faire de meilleurs choix.

Comme tous les Égyptiens, ta famille occupe une place centrale dans ta vie. Après toutes ces émotions, tu as envie de passer un moment avec tes proches. Comme d'habitude, le dîner est frugal : oignons, pain, bière (elle contient très peu d'alcool et est plus sûre à boire que l'eau). En mangeant, tu mets tes parents au courant de ta mission et leur montres le scarabée de Pharaon. Leur cœur se gonfle de fierté : si le fils d'Horus te fait confiance, qui seraient-ils pour s'opposer à tes projets ? Ton père te confie une corde armée d'un grappin de cuivre.

— Prends aussi ton boomerang, conseille ta mère.

Cette arme en bois te sert à chasser le canard le dimanche sur les bords du Nil, mais elle pourrait t'être utile, c'est vrai.

Avec leur bénédiction, tu t'éclipses vers le Grand Sphinx. Les portes de la cité sont fermées à cette heure ; tu franchis la palissade grâce à la corde confiée par ton père. À présent, file en **44** !

# 4

Et paf ! Tu parviens à assommer le premier homme d'un plat du sabre sur le crâne tandis qu'il pénètre dans la pièce à quatre pattes. En chutant, il laisse tomber un objet doré : le cobra d'or ! Tu t'en empares. Mais deux autres gaillards se sont engouffrés derrière lui. Ils brandissent leurs lances vers vous. La bagarre éclate !

Effrayé par le grabuge, ton chaton disparaît derrière un sarcophage à tête de chacal dressé au fond de la pièce. Il ressemble au dieu Anubis ! Bon, concentre-toi : tu réussis à esquiver les premières piques de ton adversaire, mais il est plus fort que toi : tu ne tiendras pas longtemps. Alors qu'il s'immobilise pour reprendre son souffle, tu aperçois un collier d'or à son cou : c'est l'homme aux mouches !

Tu décides d'en finir avec ce sinistre personnage une bonne fois pour toutes ? Alors transperce-le de ton sabre en 82 !

Tu préfères battre en retraite ? Tu es du côté de la sortie… et donc des herses : file en 60 !

# 5

Votre traineau se remet en branle.

— Plus vite, bande d'hippopotames ! Garde, fouette-les s'ils lambinent ! houspille le contremaître, soudain très pressé d'arriver à la pyramide.

Vous vous démenez tant que c'est bientôt chose faite. Votre traineau s'immobilise au pied d'une rampe montant à l'assaut de la construction. Ouf, vous allez pouvoir passer le relais à l'équipe de levage : c'est elle qui va se charger de hisser la pierre en haut de la pyramide. Tandis que tes camarades se désaltèrent aux gourdes passées par un porteur, tu vois le contremaître se baisser sur le flanc de votre cargaison. En se relevant, il surprend ton regard posé sur lui :

— Toi, tu montes ! glapit-il.

Ça alors ! Mais tu es bien trop jeune pour faire partie d'une équipe de levage !

Si tu décides pourtant de lui obéir, dirige-toi en 85. Si tu n'as aucune envie de te casser le dos, faufile-toi dans la foule qui assiste à l'arrivée de Pharaon, en 41... Gare au fouet du garde !

— Nous allons nous échapper du temple et nous introduire dans la pyramide de Khéops avant les hommes du Vizir pour leur tendre un guet-apens, t'annonce Amenâa, bravache.

— Ils seront certainement armés. Comment allons-nous faire ?

Ton ami écarte cette objection d'un air entendu :

— Osiris nous viendra en aide. D'autant que nous allons pénétrer au cœur de son royaume en descendant dans la pyramide.

Tous les poils de ton corps se hérissent. Descendre au royaume d'Osiris, c'est-à-dire dans l'Au-Delà, est une perspective pour le moins effrayante.

— Mais comment entrerons-nous ?! La porte de la pyramide est invisible ! Et même si nous la trouvons, nous risquons de nous perdre à l'intérieur !

Djéhouty pose une main rassurante sur ton bras :

— Je connais l'architecte qui possède le plan de la Grande Pyramide et vous mènerai chez lui ce soir, à Héliopolis, de l'autre côté du Nil.

Prie Isis de te donner le courage nécessaire à cette dangereuse mission, et poursuis ton aventure en 83 !

# 7

Bien ! Mais as-tu eu raison de te confier à Aziyadé ? Tu vas bientôt le savoir. Car trois hommes, armés de lances, ne tardent pas à vous débusquer dans votre encoignure. Ils vous encerclent ! Leur chef s'avance vers toi et lâche d'une voix sévère :

— Il est sacrilège de venir piller le trésor de nos ancêtres !

Bouche bée, tu le regardes. À son cou ne luit aucun collier aux mouches d'or. Aucune balafre ne zèbre sa joue. En revanche, il porte aux bras des bracelets d'argent, gravés du symbole de la déesse Hathor : l'œil de Rê !

— Nous sommes les gardes personnels de la Reine, annonce-t-il.

En entendant ces mots, l'émotion te submerge : tu t'évanouis !

Quand tu reviens à toi, tu es sur le pont d'un bateau. La lune brille dans le ciel étoilé. Tu entends le clapotis de l'eau sur la coque, puis un froufrou d'étoffes. Tournant la tête, tu vois deux yeux couleur émeraude qui te sourient. Aziyadé !

— L'uræus*… les pilleurs… articules-tu avec peine.

— Le cobra ? glousse-t-elle. Il n'a jamais été volé. C'est moi qui l'ai mis en sécurité, après que tu m'aies révélé la menace qui pesait sur lui. Puis j'ai parlé à la Reine et nous avons décidé d'envoyer nos meilleurs soldats cette nuit à la pyramide au cas où des pilleurs se montreraient. Mais il n'y a que vous qui êtes venus !

— Et le Vizir ? Peut-il encore nuire à Pharaon ?

Une ombre passe sur le visage de ton interlocutrice.

— Le Vizir et ses sbires ont réussi à s'échapper. Ta famille est en sécurité, mais je crains qu'à l'avenir, ils recommencent à comploter contre la vie de Pharaon. Que les dieux nous protègent !

Ce qui adviendra de Mykérinos dans les années qui suivent est une autre histoire. Quant à toi, ton aventure s'arrête là. Tu as atteint ton but mais n'as pas réussi à dissiper toutes les menaces. Si tu veux la recommencer pour obtenir une victoire plus décisive, tu peux retourner en 1 !

# 8

Sentant le souffle de la pierre te frôler, tu projettes Pharaon loin du danger. Le Grand Prêtre a eu le même réflexe que toi. Vous vous retrouvez tous les trois, les quatre fers en l'air, mais sains et saufs ! Reprenant tes esprits, tu réalises ce qui vient de se passer : si la pierre est tombée, c'est que la corde qui la retenait a cédé. Simple accident ou sabotage ? Tu as de sérieux soupçons ! Il faut que tu en fasses part à Mykérinos :

— J'ai vu… couteau… contremaî… balbuties-tu, en te prosternant à ses pieds.

— Tu m'as sauvé la vie, merci ! te répond Mykérinos en te prenant la main.

Mais le Vizir, qui s'est approché, interrompt la scène.

— Majesté, vous n'êtes pas en sécurité ici. Il faut partir ! aboie-t-il.

Tandis que Pharaon, forcé de remonter dans sa litière*, s'éloigne du chantier, tu te rends compte qu'il a glissé dans ta paume un petit objet.

Recule en 15 pour le découvrir !

Bravo : c'est en effet le boomerang ! Ta loyauté envers ta famille est récompensée. Et visiblement, les prières de tes chers parents t'accompagnent et le grand Amon-Rê veille sur toi, car dès le premier lancer, tu touches la tête de ton ennemi. Le voici assommé ! Reste son chien : mais rapide comme le fennec, tu reprends ton boomerang retombé non loin et lui réserves ton second coup.

Bon, inutile de t'attarder : tu n'as fait qu'estourbir ton adversaire et il peut se réveiller à tout moment. Profite de sa léthargie pour gagner le temple du Sphinx, discrètement – d'autres ennemis pourraient te repérer. Là, tu pourras trouver le Grand Prêtre, le seul à être resté à côté de Pharaon lors de l'attentat, et lui donner à déchiffrer le papyrus. Tu le crois loyal : il est en tout cas ton ultime espoir.

Faufile-toi jusqu'en 36.

# 10

Leste comme le cobra, tu échappes au garde et franchis au pas de course les quelques centaines de mètres qui te séparent du chantier. Tout le monde cavale autour de toi, soulevant une tempête de sable sur le plateau aride ! Heureusement que tu as, comme chaque matin, pris le temps de tracer un trait de khôl autour de tes yeux : ce produit antiseptique les protège de la poussière et de la morsure du soleil. Tous les Égyptiens, filles et garçons, se maquillent de cette façon – aussi par coquetterie : vous êtes des esthètes, très attachés à la beauté physique !

Devant la pyramide, c'est la cohue. Des soldats, armés de fouets, tentent de rétablir l'ordre, car la litière* du pharaon vient d'arriver. La lanière de l'un d'eux va s'abattre sur ton dos. Mais on sait déjà que ce n'est pas ça qui t'arrête !

Vite, fais un bond de côté et faufile-toi dans la foule en 41.

# 11

Remontant la foule des ouvriers à contre-courant, tu n'as aucun mal à te glisser dehors. Si tu avais attendu, les portes de la cité se seraient refermées et elles sont solidement gardées la nuit. Pas étonnant : certains ouvriers connaissant les secrets de construction des pyramides, les autorités craignent qu'ils en profitent pour aller piller leurs trésors. Alors on les surveille !

Dissimule-toi sous les branches de ce sycomore. Maintenant, il ne te reste plus qu'à attendre que la nuit tombe pour traverser le plateau et t'approcher du Grand Sphinx qui dresse sa haute silhouette là-bas, près du temple qui porte son nom. Elle met un temps infini à tomber ce soir. Heureusement, l'arbre te prodigue ses figues : tu peux au moins calmer ta faim.

Ça y est, le dieu-soleil est enfin allé se coucher. Dirige-toi vers le Sphinx : c'est en 44 !

# 12

Retrousse tes manches : les équipes de halage sont chargées du transport des énormes blocs de calcaire jaune, qui servent à édifier l'ossature extérieure de la pyramide. Pour les déplacer, vous n'avez pas de charrette : la roue n'a pas encore été inventée ! Vous devez les haler, c'est-à-dire les tirer, avec des cordes, depuis la carrière. Heureusement, celle-ci n'est située qu'à quelques 400 coudées* (environ 200 mètres), au sud du plateau. Les pierres sont extraites sur place, et le site en est riche : il a été choisi pour cette raison.

Vous ne tardez pas à arriver à la carrière. Le contremaître qui gère ton équipe semble de bonne humeur aujourd'hui. Bizarre… D'habitude, c'est un vrai chacal ! Il te propose de rester à la carrière avec les tailleurs de pierre.

Si tu acceptes, bondis en 35. Mais tu peux aussi choisir de demeurer avec ton équipe : dans ce cas, attelle-toi au travail en 63.

# 13

Par Seth le maudit ! Tu comptes retenir avec tes petits biscotos un bloc de pierre de 2,5 tonnes, lourd comme un hippopotame ? Il s'agit de leur poids moyen ; sache que les plus grosses, en granit, peuvent peser facilement dans les 50 tonnes… Non, c'est de la folie ! Non seulement tu vas mourir, mais tu ne sauveras pas la vie de Mykérinos de cette façon.

C'était digne de vouloir sauver Pharaon, mais un choix plus réfléchi aurait sans doute été plus pertinent. Recolle les morceaux écrabouillés de ton corps et reviens à la vie, tel Osiris, pour recommencer cette aventure en 1 !

# 14

Les pêcheurs te lancent une corde. En montant à bord de leur esquif, tu réprimes un haut-le-cœur : ces hommes forment la classe la plus basse de la société et ils ont une réputation de saleté crasse. C'est vrai qu'ils sentent fort... Mais ils t'ont sauvé la vie, alors ne fais pas la grimace.

Ton déguisement est ruiné, tu dégoulines d'eau boueuse et tu n'as plus un grain sec en poche... Et si tu participais à la pêche ? Pendant deux bonnes heures, tu aides les pêcheurs à tendre leurs filets, en les maintenant dans le courant entre deux barques parallèles, puis à les remonter. Tu parviens ainsi à gagner deux poissons. Tu pourras peut-être les troquer contre un pagne neuf ? À l'arrivée au port de Memphis, tu débarques.

Où crois-tu pouvoir trouver un marchand de vêtements ? Si tu penses que c'est au port, dirige-toi en 97. Si tu crois avoir plus de chances en centre-ville, va en 59. Tant pis pour l'habit, tu préfères gagner directement le palais ? C'est en 50 !

# 15

Ouvrant ta main, tu découvres que Mykérinos y a déposé un petit scarabée taillé dans un bois noir et dur, incrusté de deux yeux au bleu pur : sans doute des pierres précieuses. Une série de hiéroglyphes est gravée au dos de l'insecte. Tu ignores ce qu'ils racontent, mais devines que cet objet est plus qu'un simple bijou. Il est accroché à une chaîne. Tu le pends à ton cou : il te servira de talisman pour te protéger des dangers que tu t'apprêtes à affronter. Car ta décision est prise : il faut que tu tires cette histoire au clair ! Le comportement de certaines personnes t'a semblé suspect… Observant les environs, tu aperçois le Vizir en train de donner des instructions à un groupe d'hommes armés.

Tu peux choisir de le prendre en filature : c'est en 30.
À moins que tu ne préfères suivre le contremaître ?
Il parlemente avec le scribe de ton équipe, près de l'amas de pierres effondrées : rapproche-toi d'eux discrètement en 45.

# 16

Te voici dans la cour péristyle du temple. C'est une vaste place entourée de colonnes, à ciel ouvert. L'endroit est bondé : une foule de fidèles fréquente le lieu en journée afin de rendre hommage au dieu Osiris, de lui demander une faveur ou de le remercier par des offrandes.

Autour se dressent divers bâtiments : ateliers, magasins*… Il y a même une petite ferme, et bien sûr une école pour les futurs scribes, prêtres et savants du pays. Tout au bout s'ouvre la salle hypostyle qui mène au sanctuaire ; seuls les prêtres ont le droit d'y pénétrer. Tu en es là de tes repérages quand, soudain, des gardes font irruption dans la cour : oh oh ! Il y a de fortes chances que ce soit toi qu'ils cherchent. Il est temps de déguerpir. Mais où ?

Tu décides de pénétrer dans la salle hypostyle même si c'est interdit ? Va en 34. À moins que tu ne préfères te réfugier dans le poulailler du temple, en 46 ? Tu peux aussi opter pour l'école des scribes et diriger tes pas en 14.

# 17

Bien joué ! Ce champ étant inondé, le chien ne peut y suivre ta trace ! Tu t'accroupis, de la boue jusqu'à la poitrine, et attends. Au bout d'une heure pourtant, ce que tu redoutais se produit : ne te trouvant pas entre les roseaux, ton poursuivant a décidé de venir fouiller le champ. Pas de végétation ici pour te dissimuler, il n'y a qu'un chadouf* et un puits. Déjà, le voici qui approche, son chien à ses côtés. À la lueur de la lune, tu entrevois son visage, barré d'une large cicatrice. Autour de son cou brille le collier de mouches d'or des medjaÿ, les policiers les plus aguerris de ton temps. Que Bastet te protège : comment peux-tu te défaire d'un si terrible adversaire ?

Si tu as rendu visite à ta famille plus tôt, tu as sur toi une arme de chasse qui pourrait t'être utile : compte les lettres qui composent son nom et va au numéro correspondant !
Tu ne l'as pas ? Si tu l'oses, plonge dans le puits, en 32,
ou prends la fuite vers le temple du Sphinx, en 24.

# 18

Bon choix ! Interrompre les rites sacrés n'aurait pas été judicieux : tu sais à quel point ton peuple les prend au sérieux. Sans rites, tout serait déréglé. Ils sont le pilier du Maât, l'Harmonie du Monde, qui vous préserve du chaos.

En plus, ces artistes sont très gentils. Comme toi, ce sont des gens du peuple et ils n'aiment guère les gardes du Vizir et leur réputation de brutalité. En entendant ton histoire, ils décident de te faire passer pour un de leurs apprentis et, glissant une mine de charbon entre tes doigts, te poussent vers le mur où un quadrillage rouge a été tracé.

Que vas-tu bien pouvoir gribouiller ? Leur chef – le scribe des contours – vient à ton secours :

— Ce quadrillage nous aide à dessiner les personnages en respectant les proportions de leur corps et leur ordre d'importance dans la société : les dieux et Pharaon tiennent dans 19 carrés, ils sont plus grands que les autres. Allez : dessine ce petit personnage de profil, avec ses deux jambes et ses deux bras. Ne le prive pas d'une partie de son corps, surtout !

Tu sais pourquoi : à ton époque, les peintures comme les statues sont considérées comme magiques. Elles sont censées reprendre vie à la nuit tombée ou dans le secret des tombes, et donc pouvoir marcher sur leurs deux jambes, bouger, parler, voir, manger, respirer comme les vivants ! Ton dessin doit donc être le plus fidèle possible.

C'est difficile, ton trait est plutôt maladroit !

— Peu importe, glousse le scribe des contours. On l'effacera. Une fois le bon dessin réalisé, notre tailleur creusera les contours, et ce n'est qu'à la fin que nous apposerons les couleurs indélébiles avec nos pigments. Puis on gommera le quadrillage.

Ouf ! Le stratagème a réussi. Pendant que tu dessinais, les gardes ont inspecté la salle, puis sont ressortis. Mais ils t'attendent toujours dans la cour !

— Il se passe des événements étranges au temple ces derniers temps, te chuchote le chef des artistes. Tu ne peux pas faire confiance à tout le monde, mais je connais quelqu'un qui pourra t'aider.

Appuyant sur l'un des murs, il fait coulisser une porte secrète et t'invite à le suivre. Tu es sur la bonne voie !

Poursuis ton aventure en 47.

# 19

Quand tu pénètres dans le bâtiment, des groupes d'écoliers s'apprêtent à entrer en classe. Tu te diriges vers ceux de ton âge. Tu remarques qu'il n'y a que des garçons : pas de filles chez les scribes ! Fais profil bas et suis-les comme si de rien n'était...

Les élèves s'assoient par terre, en tailleur, sur des nattes de roseaux, face à leur professeur. Imite-les ! À côté de ta natte est posée une trousse en bois dans laquelle sont insérées deux tiges de roseau taillées en pointe, ainsi que deux pastilles d'encre colorée : une rouge et une noire. Il y a aussi un godet rempli d'eau et quelques tessons de poterie. Tu ne sais pas trop quoi faire de ce matériel ! Observant la salle, tu repères, accrochés aux murs, de larges panneaux avec plein de hiéroglyphes inscrits dessus : oh là là, ça a l'air compliqué ! Tu ne le sais peut-être pas encore, mais l'alphabet égyptien en compte 5 000 au total et, à leur sortie de l'école, à 15 ans, les élèves doivent avoir tout mémorisé ! Il faut un sacré cerveau pour savoir lire et écrire. Tu commences à comprendre pourquoi les scribes sont si prétentieux : ils se considèrent, peut-être à raison, comme supérieurs au commun des mortels.

Soudain, le professeur se fâche. Il a entendu un bavardage et impose un contrôle surprise :

— À vos calames* ! Écrivez le nombre 413 sur votre ostracon* ! ordonne-t-il.

Observant les autres, tu vois qu'ils ont saisi un morceau de poterie et une tige de roseau. Ils la trempent dans l'eau, puis en frottent la pointe contre la pastille d'encre en poudre noire. Tu fais comme eux… Mais que vas-tu écrire ? Tu n'en as pas la moindre idée !

Tu choisis de demander l'aide de ton voisin, au risque qu'il dénonce ton intrusion ? Dans ce cas, dirige-toi en 33.

Tu préfères copier sur lui ? Oui, mais sa main, tenant le calame* à la verticale, te gêne un peu : tu vois mal.

Si tu dessines ceci 𓍢𓍢𓎆𓏺𓏺𓏺, va en 27.

Si tu dessines cela 𓍢𓍢𓍢𓍢𓎆𓏺𓏺𓏺, va en 38.

# 20

Faire partie d'une équipe de levage ? Ta proposition est accueillie d'un gros rire par les scribes : à ton âge, tu ne seras d'aucune aide aux puissants gaillards qui les composent. Pense donc : ce sont eux qui se chargent de hisser les pierres depuis le sol jusqu'au sommet de la pyramide, au fur et à mesure de sa construction... Pas de grue, ni de treuil, ni de poulie à ton époque : tout se fait à la force des bras ! Les pyramides sont pourtant les plus hauts bâtiments du monde à ton époque : celle de Khéops atteint 280 coudées* royales (soit 146 mètres de haut) ! Il a fallu près de 2,5 millions de pierres pour la construire et elle pèse 5 millions de tonnes.

Bon, tu n'as pas le choix : rejoins l'équipe de halage.
C'est en 12 !

# 21

Crac ! Le sceau se brise en morceaux qui dégringolent avec fracas. Tu pénètres alors dans le naos : une petite pièce sans fenêtre en forme de chapelle au toit pointu. Mais le Grand Prêtre n'y est pas ! En revanche, au fond, se dresse la statue d'Osiris qui te fixe de ses yeux verts. Le dieu semble te dire : « Comment as-tu osé troubler mon sommeil nocturne, toi, enfant impur ? ».

Réalisant, un peu tard, ton erreur, tu recules… et bascules entre les bras d'un prêtre qui a accouru, alerté par le bruit. Il te traine sans un mot vers la cour péristyle, puis éclate en imprécations : tu as osé pénétrer dans la maison d'Osiris, enfant impie ! Au même instant, l'homme au chien apparaît dans la cour et te capture : c'en est fait de toi !

Peut-être n'as-tu pas pris le temps de lire l'introduction avant de commencer l'aventure ? Dommage, elle te donne de précieux indices. Allez, retourne en 1 et, cette fois, fais de meilleurs choix.

# 22

Tu te faufiles jusqu'au naos, la pièce la plus secrète du temple. Sa porte est ouverte, mais à l'intérieur, il fait noir comme dans un four. Tu devines la présence du Grand Prêtre. Allongé sur le sol, il chantonne un hymne destiné à réveiller le dieu. Puis il se relève et bat le briquet, pour allumer une torche. La statue d'Osiris apparaît au fond de la pièce, dardant vers toi ses yeux verts. Il te regarde !

L'effroi te fait pousser un cri. Aussitôt, le Grand Prêtre fait volte-face. Mais ce n'est pas le même homme que celui que tu as vu à la pyramide !

— Garde ! Emmène cet enfant impie, aboie-t-il.

Une serre de faucon s'abat sur ton épaule : tu te retournes et découvres l'homme aux mouches.

C'est rageant de t'être fait prendre au moment où le mystère s'est encore épaissi. Qu'est devenu le vrai Grand Prêtre ? Quelle horrible machination est en train de s'abattre sur Pharaon ? Si tu veux le savoir, il n'y a qu'une solution : retourner en 1 !

# 23

La cité ouvrière est déserte, à cette heure ! Tu te faufiles entre les huttes en boue séchée qui servent de logement aux ouvriers, jusqu'à la maison du contremaître. Tiens, la porte est entrouverte : c'est ton jour de chance ! Tu te glisses à l'intérieur.

Ce logis n'est guère plus spacieux que celui de ta famille. Il consiste en une simple pièce au sol de terre battue, avec une paillasse en guise de lit. Pour tout mobilier, un coffre, une jarre, un peu de vaisselle… Soudain, un bruit de conversation t'interrompt : il vient du toit-terrasse. Le contremaître est donc chez lui en compagnie d'un autre homme ! Peut-être un complice ? Tu avises une échelle montant à l'étage : oseras-tu grimper quelques barreaux pour les écouter ? Oups, pas la peine : ils redescendent ! Vite, il faut te cacher. Mais où ? Le col de cette amphore vide est bien trop étroit.

Il ne te reste que deux solutions : sauter dans la jarre en 51, ou t'enfermer dans le coffre en 31 !

# 24

Tu pénètres dans une salle voûtée où trône une table en pierre, garnie de gouttières. Il s'agit de l'atelier des prêtres embaumeurs : c'est sur cette table qu'ils préparent les cadavres, lors des premières étapes de la momification…

La salle est déserte. Des vases canopes sont alignés le long des murs : ils sont destinés à recevoir les entrailles du mort. Il y en a quatre : l'un à tête de chacal pour l'estomac, un autre à tête de faucon pour les intestins, un troisième à tête de babouin pour les poumons et un dernier à tête d'homme pour le foie. Les embaumeurs les extraient du corps, les lavent avec du vin mêlé à du sel, les entourent de bandelettes, puis les scellent à l'intérieur. Pour l'instant, ils sont vides. Tu y caches ton chaton. Et toi ? Vite, il faut prendre une décision !

Tu choisis de t'allonger sur la table et de faire le mort ? Couche-toi en 87. Tu préfères te cacher dans une des drôles de baignoires, installées au fond de la pièce ? Plonge en 73.

# 25

Il y a du monde au Lac sacré : des prêtres y sont occupés à leurs ablutions rituelles. Ils répètent l'opération plusieurs fois par jour et par nuit, à heures fixes. Seuls ces « purifiés » ont le droit de pénétrer dans la salle hypostyle qui mène au sanctuaire qui, lui, est réservé exclusivement au Grand Prêtre. Personne d'autre que lui ne peut approcher la statue du dieu Osiris, vénéré en ce lieu, car comme chacun sait, une statue est vivante : elle ne représente pas un dieu, elle l'incarne, et il vit en elle. Tu as bien fait de ne pas aller troubler le repos d'Osiris !

Intrigué par ton irruption, l'un des prêtres s'approche. Son visage au crâne rasé, marqué d'un gros grain de beauté sur la joue, t'inspire confiance : tu lui montres le scarabée que t'as remis Pharaon, ainsi que le papyrus que tu as volé : il le déchiffre sans peine, puis il te dit d'une voix étouffée :

— Suis-moi !

Tu es sur la bonne voie. Continue ton aventure en 47.

# 26

Le lendemain, ayant dissimulé ta tresse d'enfant sous une perruque, tu rejoins ton poste dans la cour du temple, près de la fontaine. Pour entretenir une clepsydre*, il suffit de la recharger en eau à intervalles réguliers. Ce travail monotone te laisse tout loisir d'observer ce qui se passe autour de toi.

Pour l'instant, pas de trace de savant... Les employés du temple se succèdent : prêtres, scribes, paysans, cuisiniers et même bouchers vont et viennent entre les fidèles qui font la queue dans la cour pour adresser leur requête à Osiris. La plupart tiennent un ibis ou un chat entre les mains. Pauvres bêtes ! Tu connais le sort qui leur sera réservé : ces animaux, élevés et vendus sur place, vont être sacrifiés, en échange du service demandé. Soudain, un chaton échappe des mains d'une femme. Traversant la cour, il déboule entre tes pieds !

Comment réagis-tu ? Si tu décides de le sauver, cours en 76.
Si tu ne veux pas prendre ce risque inutile, recule en 71.

# 27

Eh non ! Tu as oublié deux  !

Dans l'écriture des nombres égyptienne, un signe est utilisé pour chaque unité, dizaine, ou centaine ! En passant entre les rangs, le professeur aperçoit ton erreur et te dévisage :

— Qui es-tu ? Je ne te connais pas ! Gardes !

C'est la fin de ton aventure. Tu es en état d'arrestation, on te confisque le papyrus et suite à un jugement expéditif (as-tu oublié que les tribunaux étaient aux ordres du Vizir ?), on t'envoie en Nubie* avec toute ta famille pour travailler dans une mine d'or. On n'entendra plus parler de toi.

Tu avais plutôt bien mené ta barque jusqu'ici, dommage ! Allez, encore un essai ? Retourne en 1 et apprends à te méfier des bonnes personnes. Pas de tout le monde !

# 28

Comme toutes les souveraines d'Égypte, la Grande Épouse est en effet coiffée d'une tiare en forme de disque, encadrée de deux cornes : c'est l'emblème d'Hathor, la déesse de l'amour et compagne d'Horus, le dieu-pharaon.

Acceptant le bijou que tu lui tends, et au vu des hiéroglyphes inscrits sous ton scarabée, la Reine te conduit dans ses appartements privés. Dans un premier temps, tu as bien du mal à t'exprimer : te voici face à la première dame de la cour, la conseillère de Pharaon et la mère des héritiers du trône. Tu n'ignores pas en outre que Mykérinos est très amoureux d'elle. Puis tu lui dévoiles tout. La réaction de la Reine est à la hauteur de tes attentes :

— Je dois mettre l'uræus* à l'abri, avant que le Vizir mette la main dessus. J'espère qu'il n'est pas déjà trop tard. Suis-moi...

Accompagne-la jusqu'à la salle du Trésor : c'est en 68 !

# 29

Hélas ! Même si tu cours vite, tu n'as aucune chance de t'en tirer. Comme toutes les allées menant aux temples, celle que tu viens d'emprunter est encadrée par deux hauts murs, appelés les pylônes : c'est un vrai goulot d'étranglement ! En plus, tu y es cruellement à découvert. Derrière toi, tu entends bientôt un arc vibrer et une flèche à pointe de silex te déchire la jambe. C'est fini, tu as perdu la bataille ! Le papyrus retournera bien sûr entre les mains des comploteurs. On te laissera la vie sauve mais, dès le lendemain, un juge te condamnera pour crime d'État, aux ordres du Vizir. Comme le veut la coutume, toi et toute ta famille, jusqu'au dernier de tes cousins, serez alors envoyés au bagne dans l'une des grandes mines de cuivre du désert de Sinaï. Un sort bien peu enviable.

Grrrrr... il faut vraiment que tu arrives à résoudre ce fichu complot ! Retourne en 1 et cette fois, ratatine tes ennemis en faisant les bons choix.

# 30

Vêtu d'une robe blanche retenue par une bretelle passant autour de son cou, le Vizir ne passe pas inaperçu dans la foule. Ne te fais pas repérer : cet homme est très puissant. Super-ministre du pharaon, il gère le budget de l'État, la production agricole, la police, les tribunaux. As-tu raison de le soupçonner ? Peut-être, car c'est souvent un personnage ambitieux, qui cherche à s'accaparer le pouvoir… Hélas, ton suspect s'en retourne bientôt vers l'embarcadère, pour regagner Memphis en bateau. Tu n'as rien à échanger pour monnayer ton passage jusqu'à la capitale. Quant à t'y rendre à la nage, n'y songe pas : le fleuve est infesté de crocodiles ! À ton retour devant la pyramide, le contremaître s'est volatilisé. Que faire ? Il te reste deux options.

Tu sais où habite le contremaître : tu peux te rendre chez lui pour tenter de trouver des indices. C'est en 23 ! Mais tu peux aussi aller enquêter du côté de la tente des scribes, en 70.

# 31

Mauvais choix ! Un coffre, c'est rarement vide. À ton époque, les armoires n'existent pas. C'est dans le coffre qu'on range ses affaires. Quand tu soulèves le couvercle, tu découvres que celui de ton contremaître est plein à craquer de pagnes de lin fin et de bijoux précieux. Cet homme est donc bien plus fortuné qu'il ne veut le faire croire ! Étrange, car son statut n'est guère élevé dans la hiérarchie. Moins qualifié qu'un tailleur de pierre, un contremaître est à peine mieux payé qu'un manœuvre. C'est un simple petit chef.

Quoi qu'il en soit, il n'y a pas de place là-dedans pour toi : vite, saute dans la jarre avant de te faire voir ! C'est en 51 !

# 32

C'est ce qu'il fallait faire car ce puits, placé en plein champ, est un nilomètre*. Il y en a un à la ferme de tes parents. Tu peux y descendre sans danger par des marches creusées dans sa paroi. Celle-ci est graduée, ce qui permet de mesurer la hauteur de la crue du Nil.

Le policier n'a pas l'idée d'aller te débusquer dans ce trou profond. Quand tu peux enfin en sortir, c'est déjà l'aube. Il te faut gagner le temple du Sphinx pour trouver le Grand Prêtre. Lui seul sera en mesure de t'aider à déjouer cet odieux complot. Mais en sortant des roseaux, tu aperçois, postés tels des statues sur le plateau, les sbires du Vizir. Ils t'attendent ! Venu du débarcadère, un cortège funéraire est aussi en train d'approcher.

Tu peux tenter de t'y mêler, même si avec cette boue noire qui te recouvre, tu risques de te faire remarquer ! Dans ce cas, glisse-toi en 49. Tu en as assez de te cacher ? Alors cours directement vers le temple sur la grande allée en 29.

# 33

Ouf, ton voisin de classe a l'air sympathique ! Il te fait un clin d'œil et te montre un des papyrus placardés sur le mur, en te faisant des signes avec les mains pour te l'expliquer. C'est le tableau numérique ! On le reproduit ici, en t'aidant un peu...

Alors, pour écrire le nombre 413, que faut-il inscrire sur l'ostracon* à ton avis ?

Si tu optes pour ceci : 𓍢𓍢𓍢𓍢𓎆𓏺𓏺𓏺, va en 38
Si tu optes pour cela : 𓍢𓍢𓎆𓏺𓏺𓏺, va en 27.

# 34

Tu pénètres dans cette salle sacrée dont la voûte, soutenue par des colonnes, s'élève haut au-dessus de ta tête. Sa décoration est splendide. Avec son plafond peint en bleu à l'image du ciel, son sol noir comme le limon du Nil, ses colonnes sculptées en forme de lotus, de palmier ou de papyrus, et ses peintures murales illustrant les activités humaines, elle représente le monde en miniature. Pauvre de toi ! Tu viens d'entrer dans la demeure terrestre du dieu des morts, Osiris !

Faire demi-tour ? Impossible : tes ennemis ont investi la cour ! Et pas moyen de te cacher, les colonnes sont trop minces pour que tu t'y dissimules... Au fond de la salle, tu aperçois une enfilade de pièces : le Grand Prêtre doit être tout au bout, en train d'accomplir les rites sacrés.

Si tu choisis d'aller l'interrompre, dirige tes pas en 22.
Mais si tu préfères demander l'aide des artistes occupés à réaliser une fresque murale, près d'un échafaudage, saute en 18.

# 35

Bien joué ! Seconder les tailleurs de pierre sera plus agréable que de t'esquinter les reins avec les manœuvres. Ce n'est pas un travail de force, mais d'habileté. Les outils en fer n'ayant pas encore été inventés, les tailleurs découpent la roche avec des ciseaux en cuivre ou en dolérite (une pierre très dure), qu'ils frappent avec des maillets. Puis ils glissent des coins en bois dans les entailles et te demandent de les asperger d'eau. Le bois mouillé gonfle et fissure la pierre, libérant les blocs. Il ne reste plus qu'à les tailler aux dimensions voulues par les géomètres.

Soudain, une rumeur envahit la carrière : la barque royale est au débarcadère ! Le pharaon est venu inspecter le chantier ! Les ouvriers se précipitent vers les pyramides pour admirer de leurs yeux le fils d'Horus personnifié.

Si tu veux arriver à temps pour l'admirer toi aussi, suis-les : c'est en 10. Fais vite, sinon le fouet du garde qui vous surveille va t'arrêter !

# 36

Tu pénètres aisément dans le temple : une simple arche en marque l'entrée, car c'est un lieu public, ouvert sur l'extérieur. Tu débouches sur une vaste place, à ciel ouvert, entourée de colonnes : la cour péristyle. Tout est désert, la cohue qui fréquente les lieux dans la journée a disparu. Autour s'élèvent des bâtiments silencieux. Juste en face, après quelques marches, s'ouvre la bouche sombre de la salle hypostyle, surmontée de hautes colonnes. Elle mène au sanctuaire, la partie la plus secrète du temple. À ta droite, un peu à l'écart, s'étend un vaste jardin, entourant une pièce d'eau baptisée le Lac sacré.

Où penses-tu avoir le plus de chances de rencontrer le Grand Prêtre à cette heure ? Tu peux choisir de te risquer jusqu'au sanctuaire, en 34, quitte à braver l'interdiction ancestrale de pénétrer cette partie du temple pour les Impurs.
Tu peux aussi diriger tes pas vers le Lac sacré, en 25.

# 37

Ingénieux, mais as-tu pensé au chien ? Cette barque a été tirée au sec sur un talus : il peut donc flairer ta trace jusqu'à cet endroit. Son maître ne tarde pas à soulever la frêle coque en tiges de papyrus qui te dissimules : te voici à découvert ! Tu observes un instant la face grimaçante de ton poursuivant : une large cicatrice barre sa joue et un collier de mouches d'or orne son cou. Au secours, cet homme est un medjaÿ : un mercenaire faisant partie de la police secrète de l'État. Autant dire un terrible adversaire, rompu au combat : les mouches suspendues à son cou sont des médailles d'honneur pour services rendus ! Déjà, il brandit son gourdin. Vite, fais un bond de côté et cours sur quelques mètres.

Si tu as fait un détour par chez toi plus tôt, ta mère t'a conseillé de prendre un outil de chasse : rends-toi au nombre de lettres qui composent son nom pour l'utiliser ! Sinon, prends la fuite vers le temple du Sphinx, pour y trouver refuge : galope en 24.

# 38

Bien ! En effet, dans l'écriture des nombres égyptiens, un signe est utilisé pour chaque unité. Pour écrire 400, il faut donc écrire quatre fois le signe 100 : 𓍢.

Le professeur qui passe entre les rangs, le regard baissé sur les ostraca de ses élèves, ne te remarque même pas. À la fin du cours, ton voisin intrigué te prend à part : qui es-tu ? Que fais-tu ici ? Tu n'as pas le choix : tu te décides à lui raconter la vérité en lui montrant le scarabée de Pharaon et le papyrus.

— Je suis le neveu du Grand Prêtre, te révèle-t-il alors. J'ai quelqu'un à te présenter, suis-moi.

Hourra, tu as enfin trouvé un allié !

File en 47 afin de poursuivre ton aventure.

# 39

Tu ne croises personne dans la salle hypostyle, plongée dans la pénombre. Son sol est peint en noir comme la terre de ton pays, son plafond en bleu, et les colonnes sont sculptées en forme de plantes : on dirait que tu viens de pénétrer dans un cosmos en miniature ! Sache en effet que les temples de ton pays ne jouent pas le même rôle qu'une église, une synagogue ou une mosquée. Aucun office n'y est célébré. Elles sont la maison terrestre du dieu qui y est vénéré. Ici, c'est Osiris, le dieu de l'Au-Delà, auquel on rend un culte.

Tu viens donc de rentrer dans sa demeure ! Au fond de la salle se succèdent d'autres salles de plus en plus petites. Au bout, tu parviens devant une porte fermée : sans doute celle du sanctuaire ! Un simple sceau en boue séchée en cadenasse la poignée.

La boue sèche, ça se casse facilement ! Tu fracasses le cadenas et tu rentres ? Saute en 21. Tu préfères faire demi-tour et diriger tes pas vers le Lac sacré ? Bifurque en 25.

# 40

En te voyant te pencher sur sa marchandise, le bonimenteur pousse de hauts cris :

— Bas les pattes, esclave ! Ces pagnes blancs ne sont pas pour toi.

Avec toute cette boue qui te recouvre, il te croit originaire de Nubie*. Ce pays, dont le peuple a la peau noire comme l'ébène, est une colonie d'Égypte, et beaucoup d'enfants nubiens sont vendus comme esclaves. Or, selon la coutume, ces derniers n'ont pas le droit de s'habiller en blanc. Ils doivent porter des pagnes colorés de jaune, rouge ou bleu, pour afficher leur statut.

Le raffut du vendeur a attiré l'homme aux mouches qui était à ta recherche. Sa grosse patte s'abat sur ton épaule : il te tient. Inutile de te dire que ton jugement sera expéditif. On te jugera pour vol à l'étalage : on te rouera de coups de bâton, avant de t'envoyer en exil au pays du Pount*...

Dommage, tu avais bien mené ta barque jusqu'ici. Mais tu as encore beaucoup de choses à découvrir sur l'Égypte antique...
Recommence ton aventure en 1.

# 41

Tu cours vers le débarcadère. C'est un grand ponton aménagé sur la rive du Nil : parmi les lourdes barges acheminant les pierres en granit, qui servent à construire l'intérieur de la pyramide et qui viennent de lieux plus lointains, tu repères la barque royale en train d'accoster. Quelle splendeur ! Longue et fine, surmontée d'une immense voile carrée, sa coque en bois de cèdre est ornée de peintures aux couleurs vives. Pharaon ne tarde pas à en sortir pour monter dans sa litière*. Hélas, entouré d'une haie de soldats, tu ne peux voir de lui que le pschent*, sa double couronne blanche et rouge. Le garde chargé de la surveillance de ton équipe approche, armé d'un fouet. Il fait claquer sa lanière dans l'air de manière menaçante : il vient te chercher.

Si tu choisis de le suivre et de regagner docilement ton poste, retourne en 5. Mais si tu préfères courir vers la pyramide en tentant de le semer, précipite-toi en 10 !

# 42

Tu te précipites donc vers l'extrémité du plateau, au sud, là où il jouxte le désert. Aucune lumière en ce lieu, et il semblerait que tes poursuivants aient vite abandonné ta traque. Déambulant entre les mastabas* – ces grands tombeaux de pierre rectangulaires, où sont enterrés les dignitaires de l'État – tu comprends vite pourquoi en entendant, tout proche de toi, le rire pressant des hyènes. Ouh là ! Ce cimetière n'est sans doute pas le meilleur endroit à fréquenter la nuit !

L'Égypte, à ton époque, est peuplée de nombreuses bêtes sauvages : lions, hyènes, chacals… C'est d'ailleurs pour amadouer ces fauves que beaucoup de vos dieux portent des têtes d'animaux. Il vaut mieux que tu fasses demi-tour !

Si tes ennemis ne sont pas trop près, bifurque vers le Nil. Là, tu peux te glisser sous une barque tirée au sec, du côté du débarcadère, en 37. Ou t'aventurer dans un champ inondé sur la berge, en 17. À moins que tu ne veuilles te risquer vers l'allée du temple, en 24 ?

# 43

Bien joué ! Ta demande n'a rien d'extraordinaire, les ouvriers des pyramides ont des droits : un jour de congé par semaine, des vacances lors des fêtes de fin d'année qui sont fériées, et un congé rémunéré en cas d'accident ou de maladie ! C'est très moderne… tout comme la médecine de ton pays, réputée dans toute la Méditerranée.

— Je te prépare ça, te répond le scribe. Va voir le médecin du chantier pour qu'il t'ausculte, tu auras peut-être besoin d'un plâtre. J'espère qu'il n'aura pas à t'opérer.

Pendant qu'il grave, sur un ostracon* humide, ton autorisation de congé, tu subtilises le rouleau posé à ses pieds, et le glisses à l'arrière de ton pagne. Puis, faisant mille courbettes, tu recules en clopinant vers l'entrée de la tente.

Maintenant, cours ! Ton larcin ne va pas tarder à être découvert. Va chercher refuge dans le temple du Sphinx. Le Grand Prêtre était présent à côté de Pharaon lors de l'attentat : c'est sans doute un allié. Poursuis ton aventure en 16.

# 44

Même dans le noir, il est facile de trouver la statue du Grand Sphinx : elle est colossale ! Haute de 38 coudées (20 mètres) et longue de 140 (73,5 mètres), elle a été taillée sur place, à l'entrée de l'allée menant à la pyramide de Khéphren. Avec son visage sévère portant la coiffe du pharaon et son corps de lion – un animal protecteur des lieux sacrés –, elle monte la garde devant la pyramide pour en chasser les mauvais esprits. Tu espères qu'elle te protègera toi aussi !

Au pied d'une de ses pattes, tu t'enfouis dans le sable jusqu'au cou, espérant que la nuit dissimulera ta tête. Des hommes ne tardent pas à arriver : parmi eux, ton contremaître. Les autres, tu ne les connais pas. L'un d'eux est accompagné d'un chien, mais il ne semble pas avoir flairé ta présence. Le silence règne, troublé de temps à autre par le glapissement d'un chacal ou le rire lointain d'une hyène. Brrrr… c'est lugubre !

Enfin, une silhouette se détache de l'obscurité. Le Vizir !

— Mes amis, annonce-t-il, l'attentat de cet après-midi a échoué. J'ai élaboré un nouveau plan pour nous débarrasser de Mykérinos. Ce papyrus vous donnera les détails. Il y a des scribes parmi vous : ils vous aideront à le déchiffrer. Mémorisez-le, puis détruisez-le avant qu'il tombe entre de mauvaises mains.

Tout doute est maintenant levé : un complot se trame contre Mykérinos, et c'est le Vizir en personne qui mène la conspiration ! Le contrer va être difficile, car étant à la tête de la police et de la justice, il peut te détruire d'un claquement de doigts, ainsi que toute ta famille. Est-ce prudent de continuer ? Sans doute pas, mais ton amour pour Pharaon et ton pays l'emporte sur tout. Il te faut ce papyrus : ce nigaud de contremaître se tient non loin de toi, bras ballants, document à la main. En une seconde, ta décision est prise. Tu surgis comme un djinn* du sable mouvant et t'empares du papier. Maintenant, tu dois fuir, et vite ! Derrière toi, le chien s'est mis à aboyer et tu reconnais la voix de l'homme qui l'encourage. C'est celle, caverneuse, de celui que tu as entendu dans la jarre cet après-midi.

L'allée vers le temple du Sphinx s'ouvre à ta gauche, déserte, éclairée par des torches enduites de bitume. Si tu choisis quand même de t'y diriger, fonce en 29. Si tu pars vers la zone des mastabas* et le désert, cours en 42. Tu peux aussi descendre vers le débarcadère et aller te camoufler sous une barque de pêche tirée au sec, en 37 ; ou t'enfoncer entre les roseaux et papyrus qui bordent le Nil, jusqu'au champ inondé d'une petite ferme, en 17.

# 45

T'approchant discrètement des deux hommes, tu vois le contremaître sortir un rouleau de papyrus d'un pli de son pagne et le montrer au scribe, en jetant des regards anxieux à la ronde. Tu as eu raison de le suivre, son comportement est de plus en plus louche ! Celui du scribe aussi d'ailleurs.

Il est étonnant que ton contremaître soit en possession d'un papyrus : ce matériau – le papier de ton époque – fabriqué à partir des roseaux qui poussent autour du Nil, coûte très cher ! En général, on écrit plutôt sur des morceaux de poterie ou des planches en bois couvertes de plâtre. Le papyrus est réservé aux textes sacrés ou aux livres de lois… Seuls les gens puissants l'utilisent : qui a bien pu le donner au contremaître, à ton avis ?

Après un court conciliabule, les deux compères se dirigent vers la tente des scribes. Tu as bien envie de mettre la main sur ce document ! Allez, souffle un grand coup et suis-les sous la tente : c'est en 70 !

# 46

Tu te glisses dans le poulailler, espérant y trouver une cachette discrète. Hélas ! As-tu oublié que tu n'y trouveras ni gentilles petites poulettes couvant leurs œufs, ni même des coqs ? Ces volailles n'existent pas dans l'Égypte de ton époque. C'est une espèce originaire d'Europe, notamment d'un certain pays qu'on appellera plus tard la Gaule.

Par contre, il y a des ibis, élevés dans tous les temples pour être vendus aux fidèles et sacrifiés au dieu Osiris en échange de la réalisation d'un vœu, ainsi que d'autres oiseaux traditionnellement élevés pour leur viande : des canards, des pélicans et… des oies. Tu connais ces dernières : ce sont de bruyantes gardiennes. Elles risquent en plus de te pincer les mollets ! Vite, tu n'as pas trouvé la bonne cachette. Trouves-en une autre avant de te faire repérer.

Tu peux diriger tes pas vers l'école des scribes en 19,
ou bien foncer vers la salle hypostyle en 34.

# 47

Après avoir emprunté plusieurs passages dérobés, ton compagnon te mène jusqu'à la cellule d'un garçon à peine plus vieux que toi.

— Je m'appelle Amenâa et je suis le fils du Grand Prêtre, t'apprend-il.

Voilà qui ne t'étonne guère : les prêtres de ton temps ont tout à fait le droit de se marier et d'avoir des enfants…

— Hélas, mon père vient d'être empoisonné. Il est mort et entamera bientôt son voyage au royaume d'Osiris, ajoute tristement le garçon.

Quelle déception ! L'allié dont tu espérais tant l'appui a déjà été éliminé !

— Qu'il existe à toujours et à jamais ! as-tu quand même la force de bredouiller, selon la formule consacrée.

Amenâa sourit entre ses larmes.

— Pourquoi voulais-tu le rencontrer ?

Sans hésiter, tu lui présentes le papyrus. Après l'avoir déchiffré, l'orphelin s'exclame :

— Par Amon-Rê le tout-puissant, il se prépare quelque chose de terrible ! Ce fourbe de Vizir compte s'emparer de l'uræus*, le cobra d'or sacré qui orne la coiffe de Pharaon. Ensuite, il enverra ses sbires piller les trésors enfermés dans la pyramide de Khéops, notre glorieux ancêtre, et y placera l'uræus* pour faire accuser Mykérinos de ce crime sacrilège... Le peuple alors se soulèvera et c'en sera fini de lui !

Ces révélations te glacent le sang. Si Mykérinos perd cet emblème, le plus important de tous, si son nom est souillé, ce sera le chaos. Ton pays est en danger. Que peux-tu faire, toi, pour arrêter cela ? Comme s'il lisait dans tes pensées, le fils du Grand Prêtre te saisit le bras :

— Je vais t'aider. Ces traîtres qui veulent anéantir Pharaon sont les mêmes que ceux qui ont tué mon père. Nous allons les arrêter.

Oui, mais comment ? Amenâa est très surveillé, il ne peut sortir de sa cellule. C'est donc toi qui vas devoir agir en première ligne. Vous avez le choix entre deux stratégies.

Soit tu embarques pour Memphis et tentes de t'introduire
dans le palais royal pour empêcher le vol de l'uræus* :
si tu choisis ce plan d'action, file en 94.
Soit tu demeures dans le temple, près de la pyramide,
pour essayer d'en découvrir plus sur le pillage en préparation :
si tu préfères cette stratégie, fonce en 53.

# 48

Quel éblouissement en découvrant l'intérieur du palais : les salles sont immenses, couvertes du sol au plafond de somptueuses fresques. Des colonnes en faïence vertes, bleues ou rouges incrustées d'or, des statues partout ! Dans la salle d'apparat, le banquet bat son plein. Sur les tables basses, des mets divins te font monter l'eau à la bouche : fruits frais, gâteaux de miel, poissons, viandes et pâtés de toutes sortes. Des jongleurs, musiciens et acrobates animent la fête. Bon, souviens-toi de ta mission : tu dois trouver la Grande Épouse. Mais comment la reconnaître ? Toutes les femmes ici sont lourdement maquillées et portent une tonne de bijoux étincelants !

Si tu choisis de te diriger vers cette jeune femme vêtue d'une longue robe plissée, portant sur la tête un drôle de disque avec deux cornes, va en 28.
Si tu t'orientes vers cette beauté portant une tunique vaporeuse offrant sa poitrine aux yeux de tous et autour de laquelle tout le monde fait cercle, va en 45.

# 49

Malin ! Ce cortège va jusqu'au funérarium du temple, pour chercher le corps momifié, avant d'aller l'enterrer à la nécropole. La famille, les amis, mais aussi les serviteurs du défunt, charriant ses meubles et ses vêtements, l'accompagnent jusqu'à sa dernière demeure. À la tête de la procession, tu avises les pleureuses professionnelles : leur corps est noir, car elles se roulent par terre, dans la boue et la poussière. Dénoue ta tresse et laisse pendre tes cheveux comme les leurs, pousse de grands cris, bats ta poitrine : joue à fond la carte du désespoir ! Bravo, ton imitation est parfaite. Tu parviens à longer incognito le dromos, la grande allée qui mène au temple, bordée de lions sculptés et encadrée de hauts murs. Mais les hommes du Vizir sont aussi présents dans le temple…

À cette heure matinale, le Grand Prêtre doit être au sanctuaire pour les offrandes rituelles au dieu Osiris. Après t'être fait une petite toilette à la fontaine et avoir renoué ta tresse, tu décides de t'y rendre ? Fonce en 34.
Tu préfères explorer les lieux ? Va en 16.

# 50

En arrivant devant le palais, tu ressens une pointe de déception. Tu t'attendais à une demeure grandiose : te voici face à une maison dont l'architecture est similaire à celles des autres habitations de la ville. Elle est juste beaucoup plus grande. C'est un immense bloc rectangulaire dont les murs sont tout de même, à la différence des autres demeures, blanchis à la chaux. Mais son aspect est simple. Sa richesse est cachée à l'intérieur.

Autre différence, de nombreux soldats, armés de piques, en gardent l'entrée. Non, il te sera impossible de pénétrer dans la place par la force. Les murs sont hauts et aveugles, impossibles à escalader. La ruse sera une bien meilleure alliée et il te faut avoir plus nette apparence.

Tu dois trouver un magasin*. Mais où ? Si tu crois que c'est au port, va en 47. Si tu préfères t'enfoncer dans le dédale des ruelles du centre-ville, va en 54.

# 51

Cette jarre, haute et large, offre une cachette idéale. Elle sert à stocker l'orge* qui constitue la paye des ouvriers. Ouf ! Elle n'est remplie qu'à moitié. Tu te cales au milieu des grains et retiens ton souffle.

— Rendez-vous à minuit, au pied du Grand Sphinx, fait une voix rocailleuse.

— Entendu, répond ton contremaître.

La porte se ferme : vas-tu pouvoir t'extraire de ta cachette ? Eh non ! Resté seul, le contremaître s'est allongé sur sa couche. De sombres pensées doivent l'agiter, car il ne s'endort pas. Ce n'est qu'au soir qu'il part enfin et que tu peux quitter ton abri. Le cadran solaire de la place principale t'indique qu'il est 6 h du soir : c'est l'heure à laquelle les ouvriers rentrent du chantier.

Bien sûr, tu comptes te rendre au Grand Sphinx ce soir. Tu peux sortir tout de suite, les portes de la cité sont ouvertes : dans ce cas, faufile-toi en 11. Si tu préfères dire au revoir à ta famille avant cette périlleuse mission, passe en 3.

# 52

Le marchand paraît sceptique… d'autant que tu dégoulines, tu vas ruiner sa marchandise ! Mais tu lui montres le scarabée et, décidant de jouer franc jeu, lui expliques ta mission. Or, cet homme d'affaires compte le palais royal parmi ses plus fidèles commanditaires. Il ne tient pas à perdre sa clientèle et il est attaché au pharaon, garant d'ordre et donc, pour lui, de prospérité. En outre, sa loyauté pourrait lui valoir à l'avenir une reconnaissance très lucrative... Tu as fait le bon choix : il accepte !

En un claquement de doigts, te voici dans le tapis. Ce n'est pas très confortable de se faire trimballer à dos de mulet à travers la capitale, mais ne bouge surtout pas. Dans quelques minutes, tu réussiras l'impossible : pénétrer dans le palais, sans avoir à bouger le petit doigt !

Bondis en 77 pour découvrir la suite de tes aventures !

# 53

— Pour déjouer ce pillage, il faudrait que nous en connaissions la date : mais elle n'est pas clairement indiquée sur le papyrus, te confie ton nouvel ami.

Plaçant son doigt sur les hiéroglyphes, il déchiffre : « quand Orion entrera dans son onzième décan et que Sirius se lèvera pour l'affronter ». Tu fronces les sourcils : c'est quoi, ce charabia ?

— L'astronome du temple pourrait nous renseigner, mais si je demande à le rencontrer, cela éveillera les soupçons, soupire Amenâa. Le nouveau Grand Prêtre est de mèche avec le Vizir, j'en suis sûr.

— Mais moi, je peux essayer, en toute discrétion ?

Ton ami réfléchit.

— Le serviteur chargé de la clepsydre* m'a vu grandir. Va le voir de ma part et demande-lui de te céder sa place. À ce poste stratégique, tu reconnaîtras l'astronome quand tu le verras, ajoute-t-il d'un air entendu.

Tu n'en sauras pas plus pour l'instant. Après quelques heures de repos mérité, file prendre ton nouveau poste en 26.

# 54

Ce boyau, très étroit, monte presque à la verticale, mais des degrés sont taillés le long des parois. Jambes écartées, vous vous hissez, vaille que vaille. Tu ruisselles de sueur ! La lampe à huile, accrochée à ton poignet, oscille dangereusement : si elle s'éteint, les ombres de la nuit vous engloutiront. Même le chat, perché sur ton épaule, tremble d'effroi. Ses cris, ricochant sur les parois, t'assourdissent. Pas de doute, tu es dans les neuf cavernes de l'Au-Delà et t'attends à voir surgir, à tout instant, le dieu-serpent Apophis, personnification des forces du mal.

Après une longue ascension, vous débouchez pourtant dans une antichambre. La pièce donne accès à deux couloirs. Choisis le bon !

Le premier est plat. Tu peux l'emprunter en 88.
Le second forme une rampe en montée :
tu peux l'escalader en 56.

# 55

Les gardes piétinent autour de la table, mais aucun n'ose te toucher pour vérifier que tu ne vis plus.

— Nous cherchons un fugitif, se contentent-ils d'insister.

Soudain, un contact froid sur ta peau. Le scalpel ? Non, juste une éponge mouillée. Évidemment : avant d'extraire les organes des morts, les embaumeurs commencent par les laver à l'eau du Nil. Ne bouge surtout pas ! Tout en te frictionnant, le prêtre répond :

— Je n'ai vu que ce défunt dont vous troublez le repos. À présent, sortez.

Tu entends les gardes s'éloigner. L'embaumeur éclate alors de rire :

— Allez, relève-toi ! Tu es bien trop chaud pour être un vrai cadavre, mais j'admire ton sang-froid. Quel crime as-tu commis pour être ainsi pourchassé ?

Après tes explications, il t'indique un passage au fond de la salle :

— Le Contrôleur des Mystères pourra t'aider. Dépêche-toi ! Les chiens de chasse du Vizir seront vite de retour.

Avec le chaton qui te suit désormais comme ton ombre, hâte-toi jusqu'en 58.

# 56

Cette rampe étroite (tu touches les deux parois si tu écartes les bras) s'élève à une hauteur prodigieuse : au moins 18 coudées* de haut. Mais ses murs inclinés ne te rassurent pas : tu as l'impression qu'ils vont se refermer sur toi ! À son extrémité, une rangée de trois herses vous barre la route. Aïe ! Personne ne vous avait parlé de cet ultime obstacle, il a dû être installé par les ingénieurs au dernier moment. Vous tâtonnez pour trouver un mécanisme d'ouverture : en vain !

Faut-il revenir en arrière ? Les sbires du Vizir ne vont pas tarder. Si vous faites demi-tour, vous risquez de tomber nez à nez avec eux. Or, quand ils arriveront, eux aussi seront bloqués par ces herses et devront les ouvrir. Il faut les attendre… Réfugiez-vous dans cette encoignure de mur pour les surprendre.

Si tu as rencontré la danseuse plus tôt dans l'aventure, te souviens-tu de son prénom ? Oui ? Tu peux compter ses lettres et te diriger au numéro correspondant.
Sinon, tu peux toujours continuer en 48 !

# 57

Tu as présumé de tes forces ! Savoir naviguer sur le Nil en cette période de crue, à contre-courant qui plus est (rappelle-toi : Memphis est situé au sud de Gizeh !), n'est pas une mince affaire. Et une barque en papyrus, un bien frêle esquif : faite de fibres tressées, elle flotte en s'enfonçant partiellement sous l'eau, ce qui te déstabilise aussitôt. Les pêcheurs savent la manier, mais toi ?

T'escrimant sur ta pagaie, tu ne vois pas la forme sombre et ronde qui affleure à la surface : misère, un hippopotame ! Il renverse ta barque – cela arrive souvent ! – et te voici à l'eau. Vite, les crocodiles vont arriver pour la curée ! Heureusement, tu ne tardes pas à repérer des pêcheurs en train de remonter leur filet.

Tu choisis de les appeler ? Époumone-toi en 14. À moins que tu ne préfères tenter de t'agripper à la proue très relevée (à la manière des bateaux de ton époque) de ce grand navire marchand : bifurque en 64.

# 58

À travers l'épais brouillard d'encens qui enveloppe les lieux, tu distingues, affairés autour d'une table mortuaire, plusieurs prêtres au crâne rasé. Derrière eux, une haute silhouette au visage couvert du masque d'Anubis psalmodie des prières rituelles : ce doit être le Contrôleur des Mystères !

L'aspect du cadavre couché sur la table est étonnant. Bien que vidé de ses organes – à l'exception du cœur, considéré comme le siège de l'âme et de la pensée ! –, il a repris la forme qu'il avait de son vivant. Bourrés de tissu, de paille, de sciure et de sable, sa cage thoracique et son visage paraissent charnus et en bonne santé. Sa peau rougie par le henné, assouplie d'huiles et d'onguents parfumés, son visage maquillé, sa tête ornée d'une perruque, affichent même une mine splendide !

Les prêtres ont commencé à envelopper le mort dans de fines bandelettes de lin. Cette ultime étape de l'embaumement est parfois très longue : elle peut durer jusqu'à 15 jours, car chaque membre, chaque doigt est emmailloté séparément, et il peut y avoir sur chacun jusqu'à 20 couches superposées !

Tu comprends qu'interrompre cette cérémonie serait un choix très malheureux. Tu t'approches donc d'une table où un assistant prépare les bandelettes. Imite-le ! Avec un pinceau, enduis-les de résine fondue : ce liquide sombre et poisseux va leur permettre, en durcissant, de coller entre elles, habillant le corps d'une armure aussi noire que le visage d'Anubis. C'est la couleur des momies !

Soudain, les gardes du Vizir viennent troubler le rituel :

— Nous avons obtenu l'autorisation du Grand Prêtre pour fouiller ces lieux !

— Ici ne peuvent entrer que les Purs. Tous sont mes assistants, siffle le Contrôleur, derrière son masque de chacal.

— Nous allons fouiller les autres pièces, bafouille le soldat, avant de tourner les talons.

Ouf, tu as su ne pas te faire remarquer ! À peine t'es-tu fait cette réflexion que le maître embaumeur, ôtant son masque, darde vers toi un regard acéré :

— C'est toi qui as sauvé Pharaon d'une mort certaine à la pyramide. J'étais là, j'ai tout vu. Que me veux-tu ?

Va-t-il accéder à ta requête ? Tu le sauras en 69.

# 59

Dans le centre, les ruelles sont étroites, les maisons collées et toutes construites de la même façon : de gros cubes en briques de terre crue, sans fenêtres. Zigzagant entre les enfants qui jouent pieds nus à la toupie ou à la balle et les femmes revenant de la fontaine, une jarre posée sur la tête, tu croises de nombreux ateliers d'artisans... mais pas de boutique : ça n'existe pas encore ! En revanche, il y a le marché, où tout le monde fait négoce. Parmi les paysans vendant leurs légumes, les scribes et les médecins donnant consultation, les vendeurs de canards ou de sandales, tu avises un marchand de pagnes. Mais quand tu lui tends tes deux poissons, il te rit au nez.

— Trois debens* de cuivre, te dit-il.

Du cuivre ? Tu n'en as pas. Et tu n'as rien d'autre à échanger ! Vraiment ? Et le scarabée ?

Tu le sors de ta poche, même si ça te fait de la peine de t'en défaire ? Dirige-toi en 61.

Tu préfères ne pas t'en séparer ? Dans ce cas, retourne au port en 47.

# 60

Tu te faufiles vers la sortie, plaques ton scarabée sur l'œilleton enfoncé dans le mur, qui manœuvre les grilles, et appelles ton ami :

— Rejoins-moi ! Vite !

Il s'élance dans ta direction, mais trébuche sur un des objets entassés au sol et s'étale de tout son long. Le temps qu'il se relève, c'en sera fini. L'homme aux mouches d'or a parfaitement compris ton intention et se précipite déjà vers toi.

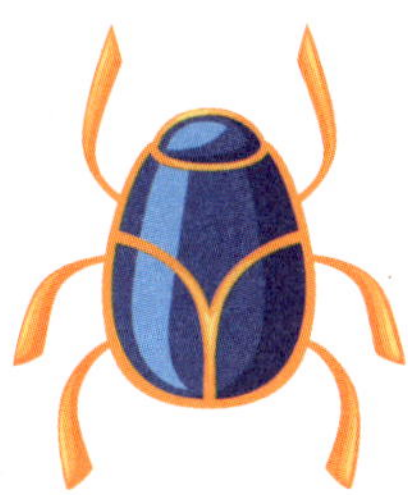

Que faire ? C'est un cas de conscience. Si tu choisis de fermer les herses – ta vie et l'honneur de Pharaon sont en jeu, après tout –, dirige-toi en 86. Si tu préfères tenter le tout pour le tout et sauver ton ami, opte pour le 81.

# 61

En voyant l'objet précieux, les yeux du marchand de pagnes se mettent à briller. Déjà, il tend la main pour s'accaparer l'amulette quand un artisan, dont l'étal est voisin et qui a suivi la scène avec un intérêt croissant, interrompt votre marchandage :

— Qui t'a donné ce scarabée ?

— Notre pharaon, loué soit son nom, souffles-tu.

— Alors suis-moi.

Ouf, non seulement tu as pu garder ton talisman, mais tu as peut-être gagné un allié. Tu apprends bientôt que l'homme est un orfèvre réputé. Il te guide jusqu'à son atelier. Celui-ci occupe l'étage d'une grande bâtisse, où d'autres corps de métier travaillent : charpentiers, menuisiers, tisseurs, tailleurs de pierre.... Seuls les potiers, à l'art plus vulgaire, ne font pas partie du lot. Comme tu le sais peut-être, les ateliers de ton époque sont financés par le pharaon en personne, un temple ou bien de riches familles. Ce sont des centres d'arts réputés. Les artisans qui y travaillent font partie de la classe moyenne : ils viennent, dans la hiérarchie sociale, juste après les scribes.

— Tu comptais échanger ce scarabée en ébène incrusté de lapis-lazuli* contre un vulgaire pagne ? te demande l'orfèvre avec un sourire moqueur. Pourquoi ? Et qui me prouve que c'est bien Pharaon qui te l'a offert et que tu ne l'as pas volé ?

Tu lui expliques toute l'affaire. Retournant le scarabée, l'artisan observe les hiéroglyphes :

— Je ne sais pas lire mais nul besoin d'être un lettré pour reconnaitre le cartouche* de notre bien-aimé Mykérinos, tu dis donc la vérité.

Il te regarde avec gravité :

— Cet odieux complot doit être empêché. Demain aura lieu une fête au palais pour célébrer l'anniversaire de la Reine. Mon fils devait lui livrer à cette occasion un nouveau pectoral*. Tu prendras sa place. Ainsi tu pourras pénétrer au palais et approcher la Grande Épouse sans danger.

Le lendemain, grimé en fils de riche artisan – c'est-à-dire que tu t'habilles d'un pagne long et que tu portes bijoux, perruque et maquillage ! – tu passes la porte du palais comme une fleur et te diriges vers la salle d'apparat.

File la découvrir en 48 !

# 62

En te voyant apparaître, le corps blanchi par le sel, le visage livide (tu as retenu longtemps ta respiration…), l'embaumeur recule, épouvanté : il pense que tu es revenu d'entre les morts pour le punir de cette intrusion sacrilège ! Rappelle-toi : les Égyptiens croient que la mort est un état transitoire. Ne le détrompe surtout pas ! Mimant le pas saccadé d'un mort-vivant, tu vas libérer ton chaton de sa cachette : il s'échappe du vase canope en miaulant et te saute dans les bras : ce qui ne fait qu'amplifier la terreur du prêtre !

— Je veux voir le Contrôleur des Mystères, profères-tu d'une voix d'outre-tombe.

Tu ne le connais pas, mais cet homme évoqué par l'embaumeur tout à l'heure semble puissant. Peut-être pourra-t-il te guider jusqu'à l'astronome ? Le prêtre tend un doigt tremblant vers une porte renfoncée à l'extrémité de la salle.

Franchis-la en 58 !

# 63

Un bloc de pierre vient d'être préparé par les tailleurs. Vous le faites glisser sur un traineau muni de patins, et l'arrimez à l'aide de cordes en fibres de palmier. Répartis en deux rangées parallèles, tes camarades tirent sur les cordages pour le faire avancer. Toi, tu n'as pas encore assez de muscles pour ce travail de forçat : tu verses de l'eau devant le traineau, pour qu'il glisse plus facilement sur le sol transformé en gadoue. Concentre-toi : si tu trébuches, tu risques de passer sous le chargement ! Vous vous activez en silence quand un manœuvre lance un cri :

— Barque royale à l'approche !

Par Horus tout-puissant ! Le pharaon arrive en personne pour inspecter le chantier ! Que fais-tu ?

Si tu choisis de te précipiter vers le débarcadère, file en 41.
Si tu préfères rester à ton poste, recule en 5.
Attention, chaque équipe est encadrée, non seulement par un scribe et un contremaître, mais aussi par un garde armé : la discipline est stricte !

# 64

Ouf ! Le capitaine du navire a repéré ta présence et te hisse sur le pont ! Originaire d'Edfou, au sud de l'Égypte, cet homme fait commerce de marchandises exotiques : ramenant l'or, l'ivoire, le cuivre et les pierres précieuses de Nubie* et des terres lointaines du Pount* et du Koush*, il les vend à Memphis et dans les cités du Delta. Là, il charge les tapis, encens et épices venus d'Orient et repart en sens inverse. Le commerce bat déjà son plein à ton époque. Son navire, alourdi par sa cargaison, avance lentement. En arrivant à Memphis, il y a de fortes chances que l'homme aux mouches t'y attende déjà. Le marchand t'annonce qu'il s'apprête à livrer un tapis au palais.

Et si tu lui demandais l'autorisation de t'y cacher ? Tu pourrais t'introduire au palais sans effort ! Pour cela, va en 52.
Tu as peur qu'il trouve ça louche ? Alors, file trouver un habit propre dans une des échoppes du port, en 40. Eh oui, tu es tout plâtré de boue après ton plongeon dans le Nil !

# 65

T'avançant vers lui, tu supplies :

— Aidez-moi, je vous en prie. Je dois trouver...

— Un sarcophage ? Vous venez de perdre un proche ? te coupe-t-il. Nous avons tout ce qu'il faut pour préparer votre parent au voyage qui l'attend. Je peux vous proposer le forfait luxe avec sarcophage en bois doré et embaumement complet...

— Non, non !

— Alors le forfait de base avec embaumement express et sarcophage en carton de papyrus conviendrait peut-être mieux à vos moyens ?

Grrr... Cet idiot ne te sera d'aucune utilité. Et les gardes qui vont entrer d'une seconde à l'autre ! Que faire : te dissimuler dans l'un des sarcophages ? Mais ce vendeur pas très futé te dénoncerait aussitôt et tes ennemis se feraient une joie de le sceller à la cire, pour t'y enfermer définitivement !

Il faut que tu files vers l'autre pièce : c'est là qu'est ton salut. Réfugie-toi en 24 !

# 66

Aïe, ce chemin est une impasse ! D'énormes blocs de granit, impossibles à déplacer, vous barrent le passage quelques mètres plus loin, obstruant le couloir. Bien sûr, ils ont été déposés là exprès, comme un bouchon, par les constructeurs de la pyramide, pour rendre l'accès difficile à d'éventuels intrus. Et ce n'est pas le seul piège qui vous attend : alors ouvrez l'œil !

Vous n'avez plus qu'à revenir sur vos pas pour emprunter le couloir qui descend. Attention à ne pas perdre trop de temps, les hommes du Vizir seront bientôt là.

Avance jusqu'en 42 pour emprunter l'autre couloir : c'était le bon.

# 67

La danseuse t'entraine dans une antichambre, parfumée d'encens et de myrrhe*, et t'invite à t'asseoir sur une couche moelleuse.

— Allez, raconte-moi tout ! dit-elle en te versant une coupe de vin.

Tu cèdes à son désir et lui livres les détails de l'odieux plan du Vizir. Après avoir écouté avec la plus grande attention, ta belle interlocutrice prononce ces mots :

— Je vais essayer de te protéger. Je ne sais pas si je réussirai, mais je m'y évertuerai. Il ne faut pas sous-estimer le pouvoir d'Hathor !

Hathor, dont l'animal totem est la vache, est la déesse de l'amour, de la beauté et de la danse. Mais elle est aussi l'« œil de Rê », déesse vengeresse pouvant se transformer en lionne sanguinaire pour châtier les humains qui défient ses lois.

Après ces paroles énigmatiques, Aziyadé te reconduit dans la salle d'apparat. Regarde sur la tête de la Grande Épouse, que vois-tu ? Dirige-toi vers elle pour lui remettre ton présent, en 28.

# 68

En découvrant la salle du Trésor, tes yeux s'écarquillent. Il y a tellement d'or ici qu'on croirait que le dieu-soleil en personne est venu s'y coucher. Mais horreur ! À côté du héka et du nékhek, la crosse et le fléau qui sont les attributs portés par Pharaon lors des cérémonies, trône un coussin vide : l'uræus* a déjà disparu ! Ton cœur s'emballe : ce cobra d'or n'est pas une simple décoration. Il symbolise depuis toujours le pouvoir de Pharaon et le protège de ses ennemis. Le Vizir vous a pris de vitesse !

Le découragement te gagne : comment réussir à déjouer les intentions malfaisantes d'un personnage si puissant ? Tu reprends toutefois espoir en te disant qu'il a gagné certes une bataille, mais pas la guerre : c'est à la pyramide de Khéops qu'aura lieu le combat décisif ! Tu dois vite retourner au temple pour te préparer à cette ultime épreuve. La Grande Épouse t'ayant prêté un de ses bateaux, tu repars à Gizeh en toute sécurité. Le Vizir ne se risquerait jamais à attaquer en plein jour une barque royale. La reine t'a rendu ton scarabée, tu en auras peut-être à nouveau besoin. De retour au temple, tu réempruntes le passage secret, espérant que le fils du Grand

Prêtre soit toujours confiné dans sa cellule, et bien en vie. Oui, il y est, en compagnie d'un chaton qu'il a adopté pour tromper son ennui et d'un prêtre que tu connais peut-être déjà… Sa joue gauche est ornée d'un gros grain de beauté.

— Tu peux faire confiance à Djéhouty, c'est mon oncle, et il a juré de prendre soin de moi en l'absence de mon père, t'annonce Amenâa.

Enfin une bonne nouvelle : à présent, vous êtes trois, et même quatre en comptant le chat. Ce ne sera pas de trop pour lutter contre le pouvoir tentaculaire du Vizir. En ton absence, Djéhouty a consulté un astronome pour que celui-ci l'aide à décrypter un passage obscur du papyrus. Grâce aux lumières de ce savant, il a compris quand aurait lieu le pillage de la pyramide : dans deux nuits, soit celle du 1er novembre. Il a même élaboré un plan d'action.

Va découvrir la mission qui t'attend en  !

— L'ancien Grand Prêtre était mon ami, te confie le Contrôleur des Mystères après avoir écouté ton histoire. Je vais te conduire jusqu'à l'astronome.

Hourra ! Il te mène jusqu'au sommet du temple, dans une salle où s'amoncellent des milliers de rouleaux de papyrus. Assis en tailleur sur une natte se tient un vieil homme, au visage raviné et au crâne dégarni, orné de touffes de cheveux blancs. Cela te surprend beaucoup : tes contemporains font tout pour cacher leur calvitie et dissimuler les marques de l'âge par des pommades anti-rides et des perruques ! Mais cet homme ne ressemble à aucun autre. C'est un astronome : autant dire un scientifique.

Chaque nuit, t'explique-t-il, il observe les étoiles depuis la terrasse du temple et note leurs positions, ainsi que les heures exactes où le soleil se couche et se lève. Grâce à ces observations, réalisées sans aucun instrument d'optique, il a élaboré un calendrier, divisant l'année en 365 jours, soit 12 mois de 30 jours chacun (répartis en 3 semaines de 10 jours !). Il a juste ajouté 5 jours de fête à la fin pour tomber juste et permettre à ce calendrier humain de suivre le rythme de l'année solaire. Quelle géniale invention ! Cette division du temps, la première de l'histoire, sera sûrement utilisée durant des siècles, lui dis-tu avec admiration.

— Merci ! se rengorge l'astronome. Et pour répondre à ta question, je peux t'affirmer que le pillage de la pyramide est fixé à la première nuit du quatrième mois de la Saison de l'Inondation, c'est-à-dire... celle du 1er novembre.

Il te fixe avec gravité.

— C'est une nuit particulière. Celle où le Nil amorce sa décrue. Certains racontent que les morts sortent alors de leur tombe…

Gloups ! Et dire qu'il va falloir aller monter la garde dans la pyramide ce soir-là ! Le 1er novembre arrive dans seulement deux jours. Le temps presse ; tu files retrouver Amenâa.

En revenant dans sa cellule avec ton chat, tu as la surprise de l'y trouver en compagnie d'un homme dont la joue s'orne d'un gros grain de beauté. Tiens, tiens…

— Je te présente mon oncle, Djéhouty. Il travaille comme prêtre au temple et il va nous aider.

Ensemble, ils ont élaboré un plan d'action.
Va le découvrir en !

# 70

C'est sous cette tente que les scribes reçoivent les plaintes des travailleurs. Ton contremaître est là, assis en tailleur dans un coin avec le scribe de ton équipe. À ton approche, celui-ci enroule d'un geste nerveux le papyrus qu'il était en train de déchiffrer et le range à ses pieds, au milieu d'autres rouleaux. Pas de doute : ce papier doit être compromettant. Il te le faut ! Mais attention : au fond de la tente veille un garde à l'allure patibulaire. Il porte le collier aux mouches d'or des medjaÿ, les policiers des forces spéciales du Vizir, et a le visage zébré d'une cicatrice.

— Que veux-tu, fellah* ? t'interpelle le scribe d'un ton crispé.

Tu peux choisir de ruser, en t'asseyant devant le scribe pour solliciter un congé maladie : dans ce cas, boitille jusqu'en 43. Si tu penses que ça ne fonctionnera pas, empare-toi du rouleau et cours jusqu'au temple où officie le Grand Prêtre : c'est en 24 !

# 71

Les cris de la femme ont de toute façon alerté les gardes. L'un d'eux a suivi le chaton du regard. À présent, il te dévisage... À son cou, tu vois luire un éclat d'or : tu le reconnais, c'est l'homme aux mouches ! Et la mauvaise nouvelle, c'est qu'il te reconnaît aussi.

En trois bonds, il est sur toi : tu aurais vraiment mieux fait de sauver ce chat ! Bien qu'ils le sacrifient dans les temples, les Égyptiens ont un attachement viscéral à cet animal qui protège leurs maisons des rongeurs et autres parasites. Ils l'aiment tellement qu'ils le momifient lui aussi quand il meurt, en lui réservant une place à leurs côtés dans leur tombe. Ils ont même donné son visage à la déesse Bastet, protectrice du foyer et des enfants. Elle t'aurait peut-être aidé dans les péripéties qui t'attendent.

Ton aventure s'interrompt là. Mais tu peux la recommencer en 1, en veillant cette fois à venir au secours de ceux qui en ont besoin.

# 72

Une semaine plus tard, c'est tête haute, sans plus te cacher, que tu pénètres la salle du Trône du palais de Pharaon, à Memphis. Toute ta famille est avec toi ! Autour de vous, les gardes font la haie d'honneur.

Du haut de son trône, Mykérinos te contemple en souriant. Sur sa tête se dresse, comme lors de toutes les cérémonies officielles, le ménès*, cette célèbre coiffe en lin plissée, retombant sur sa poitrine. Au sommet brille, revenu à sa juste place, le cobra d'or. À la gauche de Pharaon, tu aperçois la Grande Épouse, Khâmerernebty II. Elle aussi te sourit, reconnaissante. À sa droite, un nouveau Vizir – Nebemakhet, le jeune frère de Mykérinos. Oubliés tes ennemis ! Après avoir été pris la main dans le sac, les gardes du Vizir ont été condamnés au bagne pour le reste de leurs jours. Quant à leur chef, ce fourbe, il a fui vers les déserts d'Orient, où l'attend une vie d'exil et de honte qui ne sera qu'un préambule au sort que lui réservera Osiris, le jour du Jugement.

Le cœur en liesse, tu t'avances vers Pharaon. À tes côtés, Amenâa est très ému lui aussi. Vos aventures communes et votre entraide qui n'a jamais failli ont scellé les liens d'une amitié éternelle. D'ailleurs, dès demain, tu pourras le fréquenter tous les jours car l'école des scribes, au temple, vient de te faire parvenir ton admission. Même si tu ne corresponds pas à leurs critères (les autres élèves sont tous des garçons de familles aisées), pour toi ils feront une exception ! Ta dure vie de fellah* est terminée, tes proches n'auront plus jamais à se soucier du lendemain. Tes parents sont si fiers qu'ils en pleurent de bonheur !

Serrant au creux de ta main le scarabée qui t'a si bien protégé, tu te prosternes devant ton roi et t'exclames simplement, d'une voix pénétrée d'émotion :

— Longue vie à l'Égypte ! Longue vie à notre bien-aimé Pharaon !

Bravo, tu as parfaitement réussi cette aventure.
Mais si tu veux la recommencer, pour vivre d'autres péripéties dans la fascinante Égypte antique, file en 1.

# 73

Malin ! Ces baignoires, emplies à ras bord de natron*, sont de bonnes cachettes. Après les avoir vidés de leurs organes, versé de la résine liquide dans leur crâne et bourré leur cavité abdominale de sel, c'est là en effet que les embaumeurs plongent les corps des morts et les laissent dessécher durant 40 jours, afin de stopper leur putréfaction.

Par chance, la baignoire où tu as plongé n'est pas encore occupée : tu n'as pas à te blottir contre un cadavre jauni et raplapla ! Tu retiens ton souffle, laissant les cristaux de sel te recouvrir. Une voix indignée éclate alors dans la salle :

— Vous êtes ici dans un lieu de culte et de recueillement. Sortez !

— Nous cherchons un enfant fugitif. Nous l'avons vu entrer, il a dû se cacher !

— Il n'y a que des morts ici, et Anubis vous regarde. Vous allez déclencher sa colère. Sortez, ou j'en appelle au Contrôleur des Mystères !

Puis, plus rien… le silence.

Tu peux sortir de ta cachette à présent : c'est en 62 !

# 74

Tu rejoins la felouque* qui fait la navette entre Gizeh et Memphis : de ton temps, personne ne voyage par les routes : il n'y en a pas !

Troquant ton passage contre une bourse de grains confiée par Amenâa – la monnaie n'existe pas encore ! –, tu t'installes à bord. Propulsé par des rames, en plus de la voile, le bateau avance vite. Sur les bords du fleuve, les hommes font la lessive du dimanche (cette tâche, jugée dangereuse à cause des crocodiles, leur est réservée) et des gamins chassent le canard avec leurs boomerangs. À mi-trajet, un voyageur fait mine de te bousculer et fait glisser ta perruque. Un sourire vicieux se dessine sur ses lèvres tandis que tu vois luire un éclat d'or à son cou : l'homme aux mouches !

Tu n'as qu'une échappatoire : sauter à l'eau ! Le courant t'emporte. Tandis que tu te débats, la proue d'un navire marchand te frôle. Si tu décides de t'y agripper, monte en 64.
Mais si tu préfères appeler au secours de simples pêcheurs, nage jusqu'en 14.

# 75

Oh oh ! As-tu oublié que les maisons égyptiennes n'avaient pas de fenêtres ? Elles ressemblent à de gros cubes, sans ouverture, hormis de simples fentes situées en hauteur : bonne protection contre le soleil et la chaleur ! En escaladant un olivier pour tenter d'atteindre le haut de la façade, vous attirez l'attention d'un policer. Décampez avant qu'il vous attrape ! Aïe… à présent, toute la police boucle la rue. Impossible d'approcher. Vous vous cachez dans la ville et retournez bredouilles le lendemain sur le lieu du rendez-vous fixé par Djéhouty. Tant pis, vous devrez vous débrouiller sans plan. Par chance, le prêtre sait où se trouve la porte de la pyramide. Vous pourrez au moins entrer dedans. En sortir sera une autre affaire…

Djéhouty vous fait retraverser le fleuve et vous dépose sur le plateau, tandis qu'à l'ouest le soleil disparaît derrière l'horizon. Dirige-toi vers la Grande Pyramide en 80 !

# 76

À peine as-tu blotti le chaton entre tes bras que la femme vient te le réclamer :

— Rends-le moi ! Je l'ai payé ! Au voleur !

Les cris de la mégère attirent fatalement l'attention des gardes. Il est temps de filer ! Détalant avec ton protégé, tu avises en retrait de la cour un long bâtiment en briques dont la porte est ouverte. Tu t'y engouffres. Te voici dans un vestibule étrangement éclairé, occupé par un homme derrière lequel, alignés le long du mur, se dressent une série de sarcophages. Le funérarium !

— Bienvenue à la Place Pure ! Vous voulez des renseignements sur nos formules d'embaumement ? demande l'homme, avec un sourire commercial.

Au fond, une autre porte est ouverte, mais il s'en dégage une drôle d'odeur...

Si tu choisis de solliciter l'aide de cet homme, avance jusqu'au 65. Si tu préfères te réfugier dans la pièce suivante, bondis en 24.

# 77

Enfin, tu touches au but : les pas des porteurs résonnent à présent sur du carrelage. Vu l'écho, les salles du palais doivent être immenses. Soudain, on te dépose à terre. Le tapis est déroulé et, clignant des yeux, tu aperçois une multitude de visages féminins qui te fixent d'un air surpris. Tu te trouves certainement dans le harem !

Toi qui imaginais les concubines de Pharaon en train de se prélasser sur des couches moelleuses, en se laissant oindre d'huiles parfumées ! Il règne plutôt ici l'ambiance d'une garderie géante. Il y a plein d'enfants, et les secondes épouses de Pharaon s'en occupent comme n'importe quelle maman.

— Euh… je cherche la Grande Épouse, bafouilles-tu.

— Je suis là.

Faisant volte-face, tu découvres une jeune femme, portant sur la tête un symbole que tu reconnais immédiatement.

Prosterne-toi en lui présentant ton scarabée en 28.

# 78

Hélas, en faisant cela, tu signes ton arrêt de mort ! Les gardes sont devant toi, en nombre, te bloquant toute issue. Tu ne leur échapperas pas. Mais heureusement que tu as sauvé le chaton : la protection de la déesse à tête de chat, Bastet, t'accompagne. Vive comme l'éclair, la paume de l'embaumeur s'est plaquée sur ton torse pour te ramener en position allongée.

— Le cadavre vient de trembler ! La colère d'Anubis monte en lui, annonce-t-il d'une voix sourde. Vous n'avez aucun droit de faire irruption en ces lieux.

Ton cœur battant à tout rompre sous tes côtes, tu sens les regards stupéfaits des gardes peser sur toi. Vont-ils gober cette énormité ?

Reste le plus immobile possible : la réponse est en 55.

# 79

Mais oui ! Qui pourra approcher Pharaon au cours de la cérémonie ? Le cortège des prêtres, portant la statue d'Osiris ! Et l'un d'eux est votre allié. Inutile d'aller à Memphis : il suffit de confier l'uræus* et le papyrus incriminant le Vizir à Djéhouty. Il les cachera dans le socle de la statue…

Imagine la scène : le Pharaon s'avance tête nue sur les marches du palais devant la foule, le Vizir l'accuse publiquement d'avoir perdu son emblème et… coup de théâtre ! Osiris en personne fait éclater la vérité ! Quelle mise en scène ! Elle marquera les esprits. Pharaon enverra alors sa garde explorer la pyramide et les pilleurs à la solde du Vizir seront retrouvés la main dans le sac. Toi et ton ami pouvez être fiers de vous. Sans faire couler le sang, et alors que si peu de moyens étaient à votre disposition, vous avez surmonté tous les obstacles grâce à votre intelligence, votre bon cœur et votre solidarité. Les dieux vous ont récompensés !

Allez savourer votre victoire en 72.

# 80

Plus vous vous en approchez, plus la Grande Pyramide vous écrase de son poids colossal. Blanche et lisse comme le marbre, elle luit dans le ciel noir, telle une immense perle triangulaire. Vous atteignez sa face nord. C'est ici, face au désert et à l'Étoile polaire, à environ 20 coudées* de haut, que se trouve sa porte secrète : une dalle semblable à toutes les autres, impossible à détecter. Avec une échelle de corde armée d'un grappin, vous vous hissez sur son flanc et parvenez à faire pivoter la dalle. Surtout, ne la refermez pas : elle ne s'ouvre que de l'extérieur !

Ça y est : vous êtes entrés ! À présent, il faut trouver la chambre du Roi qui se cache au cœur de la construction. C'est là qu'est le trésor de Khéops. Devant vous s'enfonce un étroit passage. Vous vous y engagez à tâtons. Après avoir allumé la mèche d'une lampe à huile, vous apercevez une première bifurcation.

Si tu choisis de prendre le couloir qui monte, dirige-toi en 66.
Si tu optes pour celui qui descend, pars vers le 92.

# 81

Bravo pour ce choix courageux ! Tu retournes affronter l'homme aux mouches. Mais alors qu'il va te pourfendre, un sifflement sépulcral retentit au fond de la chambre. Une ombre se profile sur le mur à côté d'un sarcophage à tête de chacal, dont les pupilles cerclées d'or étincellent dans l'ombre. Ses cris, amplifiés par l'écho, résonnent de manière effrayante.

Toi, tu as compris que c'était ton chaton qui remuait la queue en feulant. Mais ton adversaire ne le sait pas… et il a peur ! Enfonce le clou :

— Anubis s'est réveillé ! glapis-tu d'un air épouvanté. L'heure du Jugement est arrivée. Ô Âmmout*, la Dévorante, aie pitié de nous…

Le stratagème fonctionne ! Tes ennemis restent cloués sur place par la terreur ; aide ton ami à se relever. Vous gagnez la sortie et baissez les herses ! Ton chat se faufile par les trous de la grille : vous avez réussi, vos ennemis sont pris au piège et l'uræus* est avec vous !

Vite, à présent, il faut ressortir de la pyramide. File en 96 !

# 82

Tu enfonces ta lame dans son ventre et il s'écroule sur le sol. Tu réalises alors que tu viens de tuer un homme. C'est un crime. Certes, en état de légitime défense, mais cet argument ne tient pas lors du Jugement d'Osiris... d'autant que tu avais le choix d'une stratégie plus subtile. Le pire, c'est que votre dernier adversaire est encore debout, lui. Effrayé par la mort de son compagnon, il décide de prendre la fuite. Bien sûr, il n'oubliera pas de refermer la porte de la pyramide, en sortant. Vous resterez bloqués à jamais dans le tombeau de Khéops, devenu votre tombe à vous aussi. En fort mauvaise compagnie, car le garde que vous avez assommé va bien finir par se réveiller… sans parler des morts !

Tu n'as pas envie de cette fin horrible ? Repars en 1 et cette fois, essaye d'aller jusqu'au bout, sans faire couler le sang. Tu étais tout près du but !

# 83

Plus tard, chat sous le bras, vous vous glissez jusqu'à la litière* de votre complice, qui stationne devant une porte dérobée du temple, côté jardin.

— Cachez-vous sous les étoffes ! recommande Djéhouty.

C'est la première fois que tu empruntes ce moyen de transport. Protégé par des tentures, l'intérieur est très confortable. On s'y tient allongé comme dans un lit !

— Après ma semaine de service au temple, je dois rejoindre ma femme ce soir et passer un jour de repos à la maison, comme le veut la coutume. Personne ne s'étonnera de me voir sortir et vous pourrez revenir avec moi demain sans éveiller l'attention, sourit le prêtre.

Durant le trajet, il vous raconte avec fierté qu'il a été choisi pour porter la statue d'Osiris lors du cortège qui aura lieu, le 2 novembre à Memphis, lors de la grande fête d'Osiris. Avec toute cette histoire, tu avais oublié que cette célébration, l'une des plus importantes de l'année, tombait dans trois jours ! Ça ne doit pas être un hasard : le jour de la fête, Mykérinos devra apparaître en public, coiffé du cobra d'or. Si vous ne réussissez pas à le récupérer, le Vizir l'humiliera devant tout le peuple réuni. Vous n'avez pas droit à l'erreur !

Avant de vous lâcher à Héliopolis, Djéhouty vous donne un dernier conseil :

— L'homme que vous allez rencontrer est le descendant d'Imhotep, l'inventeur des pyramides : celui qui a bâti la toute première, la pyramide à degrés* de Saqqarah, près de Memphis, il y a un peu plus de 100 ans. Il est en possession des plans de toutes les pyramides et c'est donc, juste après Pharaon, la personne la mieux surveillée d'Égypte. Alors soyez malins ! Bonne chance et, si Horus le veut, rendez-vous demain, même endroit, même heure.

Vous voici prévenus ! Vous mêlant à la foule des citadins, vous gagnez la ruelle où habite l'architecte. À distance, vous apercevez en effet des policiers montant la garde devant sa porte. Par où passer, à ton avis, pour tromper leur vigilance ?

Si tu choisis de te glisser par une fenêtre, descends en 75.
Si tu préfères grimper par les toits, monte en 93.

# 84

À Memphis, la fête bat son plein. Sur l'avenue menant au palais, le cortège des prêtres progresse lentement. Au centre de la procession trône la statue d'Osiris. Enfin, le cortège s'immobilise devant le palais et les regards se tournent vers la porte où devrait apparaître Pharaon, coiffé du ménès* arborant le cobra. Mais c'est tête nue qu'il s'avance. À ses côtés, le Vizir montre la coiffe privée de son emblème, et déclare au peuple stupéfait :

— Pharaon a perdu l'uræus*. Il ne peut plus être notre roi.

— Non, il est là ! lances-tu dans le silence qui s'est abattu sur la foule.

Ouf, on t'a entendu. Porté de main en main, le cobra d'or revient sur la coiffe de son légitime propriétaire et le peuple laisse éclater sa joie. Tu as réussi, mais dans ce charivari, votre rôle à Amenâa et toi sera complètement oublié ! Et le Vizir, jamais inquiété et libre de fomenter un nouveau complot…

C'est un succès mitigé. Si tu veux en obtenir un plus franc, repars en 1 : il y a bien d'autres moyens pour évincer définitivement ce dangereux Vizir !

# 85

Tu rejoins les leveurs, au pied de la rampe, à gauche (elle est à double sens : les traineaux vides descendent à droite). Courbés sur leurs cordes, ils attendent le signal. Toi, tu es à l'arrière avec un gaillard bien plus costaud que toi : armés d'épieux, vous allez faire levier pour faciliter l'ascension.

— Prêts ? Tirez !

Des rondins, scellés dans la pierre, forment des marches sur la rampe. Tu transpires à grosses gouttes mais la présence de Pharaon, dont la litière* s'est immobilisée en bas, décuple tes forces. À ses côtés, tu distingues la silhouette altière du Grand Prêtre, mais pas celle habituelle du Vizir… Soudain, un craquement : la corde est en train de céder ! La pierre va basculer ! Tu es juste derrière et Pharaon, en dessous : il faut agir vite !

Tu ferais tout pour sauver ton pharaon ? Fais pression de toutes tes forces sur le levier : c'est en 13 ! Tu sautes du côté droit de la rampe où une équipe est en train de redescendre un traineau vide ? Bondis en 90 !

# 86

Les herses se referment avec un claquement sec, piégeant tes ennemis dans le caveau, mais aussi ton ami. Tu as réussi ta mission. Avec l'aide de Djéhouty, tu parviendras à gagner Memphis à temps pour la fête d'Osiris et l'honneur du pharaon sera sauf. Il règnera encore de longues années, dans une Égypte prospère et unie. Seulement, le lendemain, quand tu guideras les soldats du pharaon vers la chambre du roi, tu retrouveras aux côtés de tes ennemis le corps sans vie d'Amenâa. L'arrestation du Vizir, son bannissement, le sort réservé à tes ennemis, tout cela t'indiffèrera. Toute ta vie, tu te rappelleras ce garçon, si gentil et qui t'avait accordé sa confiance, et son souvenir hantera ta conscience.

Si tu ne souhaites pas finir ton aventure sur cette note de tristesse, recommence-la en 1 en faisant les choix du cœur. Essaye d'alléger le tien, pour qu'il ne pèse rien dans la balance d'Osiris quand ta dernière heure viendra.

# 87

Rassure-toi, tu as si peur que tu es presque aussi pâle qu'un mort ! Tu te couches sur la table de pierre, raide et les yeux clos, lorsque les gardes surgissent. Mais une voix les interrompt dans leur élan :

— Comment osez-vous troubler la paix de la maison d'Anubis ?

Du fond de la pièce, l'homme qui vient de parler – sans doute un prêtre embaumeur – s'avance vers la table où tu ne bouges pas d'un cil. Il dépose près de toi ses instruments : entrebâillant une paupière, tu aperçois un scalpel en silex, un long crochet recourbé, plusieurs cuillères et d'autres outils qui ne te disent rien de bon. Le crochet, introduit dans les narines, sert à retirer le cerveau des défunts, et les autres outils à extraire leurs autres organes.

Tu préfères te relever d'un bond avant qu'il te découpe ?
Dans ce cas, précipite-toi en 78.
Tu choisis de ne pas bouger en tâchant de ne pas trop transpirer ? Passe en 55.

# 88

Ce nouveau couloir en belles pierres calcaires vous mène jusqu'à une pièce carrée, ornée d'une voûte en V inversé. Dans une grande niche taillée dans le mur se dresse une statue d'Isis : tu te prosternes devant elle. Mais nul trésor n'est visible et le sarcophage en bois doré trônant au centre de la salle est peint d'une figure féminine. Ce n'est donc pas la chambre du roi, mais celle de la reine. Tu sais d'ailleurs que celle-ci n'est pas inhumée dans ce caveau, mais, comme le veut la tradition pour les épouses des pharaons, dans une autre pyramide, plus petite, qui s'élève à côté de la grande. Isis vous a donc joué un de ses tours : vous êtes dans une chambre factice !

Revenez sur vos pas, et vite ! De retour dans l'antichambre, vous entendez, venus du boyau, des bruits de cliquetis. Les hommes du Vizir approchent.

Hâtez-vous vers la rampe : il ne vous reste plus beaucoup de temps pour leur tendre un guet-apens. C'est en 56 !

# 89

De fait, ce couloir donne accès à une chambre où vous pouvez relever la tête : quel soulagement ! Mais les murs sont nus, et l'endroit absolument vide. Tu avances en regardant le plafond et tombes dans un puits : ouille, c'était un piège !

Par chance, ton ami n'est pas tombé avec toi : il t'aide à remonter grâce à  la corde. Malgré quelques contusions, tu n'as rien de cassé. Mais vous avez perdu beaucoup de temps avec cette mésaventure. Revenant sur vos pas et après avoir escaladé le boyau et gravi une rampe monumentale, vous apercevez tout au bout un groupe d'homme en armes devant une triple rangée de herses. Ils vous ont entendus ! Ils se retournent ! Vous avez juste le temps de vous plaquer contre une aspérité du mur.

Aïe ! C'est une piètre cachette. Ton histoire risque de s'arrêter là, et de manière plutôt funeste. Sauf si tu as rencontré la danseuse plus tôt dans l'aventure ? Si tu te souviens de son nom, compte les lettres qui le composent et rends-toi au numéro correspondant. Sinon, retente ta chance en 1 !

# 90

Hop ! T'emparant des montants du traineau vide, tu le tires vers toi et cries aux ouvriers de l'autre équipe de t'aider à le relever en travers de la rampe. Eh oui : vous ne pourrez pas empêcher la chute de la pierre, mais vous pouvez dévier sa course, en dressant un obstacle sur sa trajectoire. Arque-boutez-vous, le choc va être rude !

Heureusement, la pierre n'a pas encore pris beaucoup d'élan. Elle glisse le long de votre barrière improvisée et, au lieu de tomber droit devant, bascule sur le côté. CRAC ! Elle s'écrase au pied de la pyramide, sans faire de victimes. Tes camarades te félicitent : tu as sauvé la vie de nombreuses personnes… à commencer par celle de ton souverain. En bas de la rampe, le Grand Prêtre, souriant, te fait signe d'approcher : Pharaon veut te parler. Quel honneur ! Tu redescends, non sans avoir pris le temps de vérifier l'état de la corde : pas de doute, elle a été tranchée, c'est un sabotage. Et tu crois connaître le responsable... il faut que tu en parles à Mykérinos ! On a essayé de le tuer, c'est sûr !

Mais en te retrouvant face à ton roi, une émotion sacrée te saisit. Pour toi, il est un dieu vivant ! Et la barbe postiche qu'il porte au menton, attachée derrière ses oreilles par une cordelette, est d'ailleurs là pour te rappeler l'origine divine de son pouvoir. Les phrases que tu avais prévu de prononcer se bloquent dans ta gorge. Tu n'arrives à bafouiller que des propos décousus :

— cordages…. traineau… contremaî…

Le Vizir, revenu près de Mykérinos, t'interrompt brusquement :

— Comment oses-tu adresser la parole au noble fils d'Horus, vil fellah* ? Recule !

Déjà, les gardes s'avancent pour t'empoigner quand le pharaon te saisit la main. Quel choc ! Il t'a touché ! Ce contact te brûle comme le feu du dieu-soleil lui-même ! Alors que les gardes te repoussent brutalement, tu sens contre ta paume la présence d'un petit objet.

Recule pour découvrir discrètement ce que ton pharaon vient de t'offrir : c'est en 15.

# 91

Tu parviens vite au premier rang des spectateurs. La litière* royale s'est arrêtée au pied de la pyramide : Pharaon en descend ! Tu ne l'as jamais vu de si près ; il est plus frêle que tu ne l'imaginais. Il porte sa double couronne, sa barbe postiche, le pectoral* d'or au cou, et un long pagne. Il est torse nu, comme toi ! Seul le Grand Prêtre se tient à ses côtés, le Vizir est en retrait, à côté de... tiens, tiens, ton contremaître ! Tu vois dans sa main briller l'éclat d'une lame. Bizarre… Tous deux ont le regard rivé sur l'énorme bloc de calcaire qui, tracté par l'équipe de levage, a commencé son ascension vers le sommet de la pyramide. Soudain, un craquement : la pierre se détache de ses liens ! Elle va dévaler la rampe, et Pharaon est juste en dessous !

Si, au mépris de ta propre vie, tu te précipites pour pousser Mykérinos hors de danger, bondis en 8. Tu préfères sauver ta peau pour pouvoir résoudre le fin mot de cette histoire ? Alors, écarte-toi en 2.

# 92

Ce couloir descend en pente raide pendant un temps qui te semble infini ! L'air appauvri, l'humidité ruisselant des murs, la température de plus en plus étouffante rendent votre progression laborieuse, d'autant que vous cheminez épaules baissées, pour ne pas vous cogner la tête. L'écho de vos pas se répercute sur les parois. Pas de doute, vous êtes sous terre, dans les fondations mêmes de la pyramide. Pataugeant dans les flaques, tu songes en tremblant aux marécages, peuplés d'insectes et de serpents gluants, que les morts traversent pour atteindre le royaume d'Osiris. Tu fais le même chemin, et cette idée te glace le sang… Soudain, un boyau s'ouvre au-dessus de vos têtes. Vous avez le choix : l'escalader, ou continuer tout droit : le couloir qui s'aplanit plus loin va forcément déboucher quelque part.

Que faire ? Si tu as trouvé le plan chez l'architecte, active tes neurones ! Si tu choisis le boyau, grimpe en 54
Si tu préfères continuer tout droit, file en 89.

# 93

Bien joué ! Vous vous glissez dans un atelier, situé à l'entrée de la ruelle. Il n'est pas surveillé et sa porte est grande ouverte. Il vous suffit ensuite de prendre l'escalier pour accéder au toit-terrasse : comme tu le sais peut-être déjà, les toits des maisons collées les unes aux autres communiquent entre eux. Vous arrivez vite à destination !

Après un instant de stupeur créé par votre irruption surprise, l'architecte vous écoute sans mot dire, avant de laisser éclater sa colère :

— Jamais je ne permettrais qu'on viole l'œuvre sacrée de mes aïeux et l'éternelle demeure du grand Khéops ! Voici son plan. Je ne peux vous en faire don, c'est le seul exemplaire que je possède. Mais je vous offre l'hospitalité pour cette nuit : profitez-en pour le mémoriser. Apprenez-le par cœur ! L'intérieur de la pyramide est un vrai labyrinthe et, si la mémoire vous fait défaut, vous risqueriez de vous y perdre pour l'éternité.

Tu as entendu ? Alors regarde et retiens :

Le lendemain, vous regagnez le lieu de votre rendez-vous avec Djéhouty. Passé le fleuve, il vous dépose sur le plateau de la nécropole.

La nuit est tombée : Osiris vous attend.

Pars à sa rencontre en 80 !

# 94

Le lendemain, une perruque sur la tête, une tunique d'adolescente sur le dos, tu te glisses à contre-courant dans la foule des solliciteurs du temple pour gagner, incognito, l'embarcadère. Personne ne te repère, ouf ! Ton déguisement tromperait ta propre mère – à qui tu penses avec inquiétude... Ton absence a dû d'ores et déjà être remarquée des scribes : on sait désormais que c'est toi, l'enfant rebelle qui a subtilisé le papyrus et détient toutes ces informations gênantes sur le Vizir. Pourvu que celui-ci ne se soit pas déjà vengé sur ta famille : le seul moyen de les sauver est de faire éclater au grand jour son infamie.

Commence par trouver un moyen sûr de naviguer vers Memphis. Le fleuve est traître, mais les passeurs, en cheville avec la police, le sont souvent aussi.

Si tu choisis de t'adresser à un passeur, marche en 74.
Si tu préfères voyager en solo en empruntant une barque en papyrus amarrée aux pilotis, glisse en 57.

# 95

Quand tu te prosternes devant elle, la belle éclate de rire. Tu croyais que les reines d'Égypte s'exhibaient les seins nus en public, comme on les représentera bien plus tard ? Tu te trompes ! Tu viens d'offrir ce diadème à une danseuse : elles seules s'habillent de manière aussi affriolante et c'est d'ailleurs ainsi qu'on les reconnaît.

— La Reine est là-bas, te dit-elle en désignant la femme que tu as dédaignée.

Puis, après t'avoir lancé un regard velouté, elle te chuchote à l'oreille :

— Moi je m'appelle Aziyadé, je suis sa confidente. Je lis dans tes yeux un grand danger… Dis-moi ce qui se passe, je pourrai peut-être y remédier ?

Peux-tu faire confiance à cette femme aux yeux d'ensorceleuse ? À toi de décider !

Si tu te confies à elle, hasarde-toi en 67.

Sinon, va remettre le diadème à ta vraie souveraine en 28.

# 96

Vous y parvenez en reprenant le chemin emprunté à l'aller. Quel soulagement de pouvoir enfin respirer à l'air libre ! Après avoir refermé la dalle, vous jetez un regard vers l'est : l'aube y pointe déjà ! Vous avez passé plus de temps que vous ne pensiez dans la pyramide. Et la fête d'Osiris qui va démarrer dans trois heures à peine ! Aurez-vous le temps de gagner Memphis et de restituer son emblème à Pharaon avant le début de la cérémonie ? Rien n'est moins sûr, d'autant que ton ami s'est foulé la cheville et que pénétrer dans le palais risque de ne pas être une mince affaire… Y aurait-il un autre moyen de le lui rendre ? Réfléchis…

Tu as le choix. Tu peux rallier le temple pour aller voir Djéhouty, en 79. Ou bien gagner Memphis et confondre le Vizir au cours de la cérémonie, en 84.

# 47

En effet, le port est le seul endroit de la ville qui possède de petites échoppes sur tréteaux installées sur les quais, où les gens de passage peuvent trouver de quoi subvenir à leurs besoins de première nécessité. Mais tu remarques une forte présence policière… La zone est surveillée et l'homme aux mouches te cherche peut-être aussi ici. Non loin de toi, tu remarques le grand navire marchand sur lequel tu aurais pu monter tout à l'heure. Des marins sont en train de débarquer un tapis et tu entends leur capitaine leur recommander de faire attention : il est destiné à la Grande Épouse du Pharaon.

Que fais-tu ? Tu te résous à aller parler au capitaine pour lui demander de t'y cacher ? Faufile-toi jusqu'en 52.

Tu dégoulines de boue, il refusera certainement et tu as peur qu'il te dénonce ? Alors arrête-toi à une échoppe en 40.

# 98

En te plaquant contre le mur, tu découvres un œilleton secret : il a une forme de scarabée. Comme le talisman que tu portes au cou ! Tu l'emboîtes à l'intérieur, et les herses se relèvent : magique ! Devant vous s'ouvre maintenant un simple trou, on dirait l'entrée d'un terrier. Il faut se mettre à quatre pattes pour l'emprunter. Mais… ô stupeur ! De l'autre côté, vous découvrez une salle tout habillée de granit rouge, et en levant votre lampe mille éclats d'or frappent vos yeux : statues, pierres précieuses, vases, coffres… Le trésor de Khéops ! Vous êtes arrivés dans la chambre du Roi !

Au centre trône un énorme monolithe* de granit, dont le couvercle entrouvert laisse apparaître un sarcophage en or massif. L'idée que la momie du pharaon repose en dessous te pénètre d'un sentiment de grandeur inouïe. Pendant quelques instants, émerveillés, Amenâa et toi contemplez les splendeurs qui vous entourent : ici, tu aperçois la barque royale peinte des motifs du voyage dans l'Au-Delà ; là, des canopes et des sarcophages d'animaux ; au milieu, de nombreux bijoux et trésors amassés, des victuailles, des meubles, des outils agricoles, des oulémas* : ces objets sont destinés à faciliter la vie de Pharaon après sa mort.

Observant les fresques qui ornent les murs, une scène te fait frissonner. C'est celle du Jugement dernier d'Osiris, au cours de laquelle le dieu des Morts pèse l'âme du défunt. Si celle-ci est aussi légère que la Plume de Vérité, elle se réunit au corps du défunt et lui redonne vie pour l'éternité. Mais si elle est plus lourde, alors Âmmout*, la Dévoreuse des Morts, la déchiquète. Pas très rassurant.... Souviens-toi que vous êtes la nuit du 1er novembre. Qui sait si Âmmout* ne va pas bientôt se dresser devant vous ?

Mais un bruit venu du couloir te ramène à la réalité. Vos ennemis arrivent ! Le plan est de leur dérober l'uræus* et de les empêcher de piller le trésor. Il va donc falloir passer à l'attaque. Décrochez du mur ces deux sabres d'or faisant partie de la panoplie funèbre du pharaon, et placez-vous de chaque côté de la porte, prêts à les frapper par surprise.

Respire un grand coup... et propulse-toi en 4 !

# LEXIQUE

**Âmmout** : Déesse mi-hippopotame mi-lion, à tête de crocodile, qui assiste à la cérémonie de la pesée du cœur, lors du jugement des morts par Osiris, et punit ceux dont l'âme est chargée de péchés.

**Calame** : Roseau taillé en pointe servant de plume d'écriture aux scribes.

**Cartouche** : Série de hiéroglyphes inscrits en colonne et délimités par une ligne ovale, constituant la signature d'un pharaon.

**Chadouf** : Appareil à bascule servant à puiser l'eau d'un puits ou d'un cours d'eau pour la déverser dans des canaux qui irriguent les champs.

**Clepsydre** : Horloge à eau inventée par les Égyptiens, composée de 2 récipients. Celui du haut, percé d'un trou, se vidait dans celui du bas, dont la paroi était gravée de cercles, marquant le passage des heures.

**Coudée** : Unité de mesure de longueur de l'Égypte antique. 1 coudée mesurait 52,5 cm. 2 coudées faisaient donc environ 1 m.

**Deben** : Unité de mesure de masse de l'Égypte antique. Sous l'Ancien Empire, il valait 13,6 grammes. Il servait de référence, lors des trocs.

**Djinn** : Créature surnaturelle du folklore, vivant sous le sol, et pouvant interférer dans les affaires humaines, en bien ou en mal.

**Fellah** : Mot péjoratif désignant un paysan.

**Felouque** : Bateau à voile en trapèze de 8 à 13 m de long. La voile a été inventée par les Égyptiens !

**Koush** : Royaume situé au sud de l'Égypte antique, correspondant à une partie du Soudan actuel.

**Lapis-lazuli** : Pierre bleue, importée d'Afghanistan et donc rare et très précieuse pour les Égyptiens de l'Antiquité.

**Litière** : Lit monté sur brancards, fermé de tentures, porté par 4 hommes ou plus, servant de moyen de transport aux dignitaires de l'Antiquité.

**Magasin** : Lieu de stockage de denrées alimentaires. Ce n'est pas une boutique !

**Mastaba** : Grand caveau de pierre rectangulaire, construit sur le sol pendant l'Ancien Empire, puis souterrain ensuite, servant de tombeau aux dignitaires.

**Ménès** : Coiffe de lin retombant en plis sur le devant, portée par les pharaons lors des cérémonies, et avec laquelle ils sont souvent représentés dans l'imagerie populaire.

**Monolithe** : Bloc de pierre massif de dimensions monumentales, qui peut être taillé en différentes formes : ici, un tombeau.

**Myrrhe** : Résine aromatique, d'origine végétale, que les Égyptiens utilisaient comme encens, ou sous forme d'huile parfumée.

**Natron** : Minéral à forte teneur en sel, produit par l'évaporation de l'eau (d'un lac par exemple).

**Nilomètre** : Puits gradué, qui servait à mesurer le niveau de la crue du Nil, durant l'Égypte antique.

**Nubie** : Royaume antique dont le territoire était situé au sud de l'Égypte et au nord du Soudan actuels.

**Orge** : Céréale la plus courante de l'Égypte antique. Elle servait de monnaie d'échange et de salaire.

**Ostracon** : Tesson de poterie servant de support d'écriture habituel aux scribes. Pluriel : ostraca.

**Ouléma** : Petite statuette figurant un agriculteur. Placés dans les tombes des nobles, les oulémas étaient censés cultiver les champs accordés par Osiris aux défunts à leur place, pour qu'ils n'aient pas à travailler.

**Pectoral** : Grand collier recouvrant la poitrine, servant de parure dans l'Égypte antique.

**Pount** : Royaume antique, situé au sud-est de l'Égypte, dont la localisation encore mal connue pourrait s'étendre au niveau de l'actuelle Somalie, voire du Yémen.

**Pschent** : Double couronne blanche et rouge des pharaons, symbolisant l'union des deux provinces constituant l'Empire : la couronne Decheret (rouge) de la Basse-Égypte et la couronne Hedjet (blanche) de la Haute-Égypte.

**Pyramide à degrés** : Pyramide primitive, composée d'une superposition de mastabas. Elle a été remplacée, vers - 2620, par la pyramide à faces lisses.

**Uræus** : Tige gravée en forme de cobra, fixée au sommet de la couronne ou de la coiffe des pharaons, symbolisant leur pouvoir et leur servant de talisman.